LE VOLEUR DE NOSTALGIE

DU MÊME AUTEUR

LES GENS QUI COMPTENT, Les Venterniers, 2020.
L'ANOMALIE, Gallimard, 2020.
JOCONDE JUSQU'À 100 (ET PLUS SI AFFINITÉS), Le Castor Astral, 2019.
TOUTES LES FAMILLES HEUREUSES, JC Lattès, 2017.
MOI ET FRANÇOIS MITTERRAND, JC Lattès, 2016.
DEMANDE AU MUET, Nous, 2015.
LES CONTES LIQUIDES de Montestrela, L'Attente, 2013.
JUSTE UN FROMAGE, Hatier, 2012.
ELÉCTRICO *W*, JC Lattès, 2011.
L'HERBIER DES VILLES, Textuel, 2010.
ASSEZ PARLÉ D'AMOUR, JC Lattès, 2009.
ZINDIEN, suivi de MARABOULIPIEN, Syllepse, 2001 ; Le Castor Astral, 2009.
LES OPOSSUMS CÉLÈBRES, Le Castor Astral, 2007.
JE M'ATTACHE TRÈS FACILEMENT, Mille et Une Nuits, 2007.
ESTHÉTIQUE DE L'OULIPO, Le Castor Astral, 2006.
LA CHAPELLE SEXTINE, Estuaire, 2005 ; Le Castor Astral, 2015.
CITÉS DE MÉMOIRE, Berg International, 2004.
GUERRE ET PLAIES, Éden, 2003.
JOCONDE SUR VOTRE INDULGENCE, Le Castor Astral, 2002.
ENCYCLOPÆDIA INUTILIS, Le Castor Astral, 2002.
QUELQUES MOUSQUETAIRES, Le Castor Astral, 1999.
INUKSHUK, L'HOMME DEBOUT, Le Castor Astral, 1999.
JOCONDE JUSQU'A 100, Le Castor Astral, 1998.
LA DISPARITION DE PEREK, « Le Poulpe », Baleine, 1997.
LES AMNÉSIQUES N'ONT RIEN VÉCU D'INOUBLIABLE, Le Castor Astral, 1997.
DE SINCERITA WITH LAS MUJERES, Plurielle, 1996.
L'ORAGE EN AOÛT, La Lettre volée, 1995.
LE VOLEUR DE NOSTALGIE, Seghers, 1992 ; Le Castor Astral, 2005.
SONATES DE BAR, Seghers, 1991 ; Le Castor Astral, 2001.

HERVÉ LE TELLIER

LE VOLEUR DE NOSTALGIE

Collection « Galaxie »
Le Castor Astral

LE VOLEUR DE NOSTALGIE
vingt-neuvième titre de la collection « Galaxie »
est le mille deux cent quatre-vingt-dixième ouvrage
publié par Le Castor Astral

L'auteur tient à remercier Xavier Gorce
pour le dessin intérieur,
ainsi que Richard Bégault
pour la vérification des passages en italien.

www.castorastral.com

ISBN 979-10-278-0290-6

Le vent trouve les trous de la yourte
et l'âme trouve les mensonges des mots.

Proverbe kirghis

LE PARFUM DE LA PREMIÈRE LEÇON

(Chronique gastronomique
parue dans un hebdomadaire français, le…)

La première fois, je m'en souviens très bien. Maman a frappé, trois coups. Une jolie dame brune, un peu plus jeune que Maman, a ouvert la porte, et Maman a dit : « Pardon, Suzanna, je suis en retard. Giovanni, voici madame Capella. Elle te gardera le mardi soir. »

J'ai hoché la tête, Mme Capella a pouffé de rire, ébouriffé mes cheveux. J'ai rougi et Maman m'a embrassé : « Je reviens bientôt. Sois sage. » La porte s'est refermée sur elle, la dame s'est agenouillée et m'a regardé de ses grands yeux noirs : « Tu m'appelles Suzanna, d'accord ? » Son parfum m'a enveloppé comme un voile. C'était un parfum qu'on fabrique encore aujourd'hui, il m'arrive de le respirer dans le tramway, sans deviner jamais quelle femme près de moi le porte.

Suzanna m'a pris la main, entraîné dans la cuisine toute blanche, j'ai cligné des yeux à cause du soleil : « Je dois préparer le dîner. Et si nous faisions des fusilli à la mozzarella ? » Les mots ne sont pas montés à mes lèvres, elle m'a tendu le fromage et un large couteau : « Fais de tout petits cubes. Quand les fusilli seront cuits, on mélangera le tout, et ce sera prêt juste à temps pour l'arrivée des hommes. »

J'ai retroussé mes manches, découpé la mozzarella en longues lanières laiteuses, avec soin. Elle a jeté les fusilli dans un large faitout où l'eau bouillonnait.

« Première leçon, mon Giovanni. Les pâtes, pour être heureuses, elles doivent cuire dans beaucoup d'eau salée, au moins un litre pour cent grammes. Tu ajoutes en proportion une demi-cuillerée d'huile, autant de sel, tu remues de temps en temps. Tu goûtes, et quand elles sont *al dente*, que ça résiste un peu sous la dent, tu les égouttes. *Capisci ?* »

J'ai acquiescé du menton, elle a poursuivi : « Et laisse toujours un peu d'eau. Comme ça, elles ne collent pas. Tu n'oublieras pas ? » J'ai fait non de la tête, Suzanna a souri, s'est penchée vers moi et m'a serré dans ses bras : « *Molto bene.* »

Moi, j'ai fermé les yeux pour mieux plonger dans son odeur et j'ai pensé, très fort : « Non, je n'oublierai jamais. »

Giovanni d'Arezzo

*

Florence, le…

Caro Giovanni d'Arezzo,

Alea jacta est, tu viens de déchirer l'enveloppe bleue « avion » et tu pénètres dans le brouillard de ma lettre.

Et tout de suite, pour pimenter ta curiosité, une devinette : nous ne nous connaissons pas, mais je ne suis pas un inconnu.

Il est quatre heures de l'après-midi et je t'écris d'une petite chambre sous les toits. Elle donne sur une cour étroite, fraîche et ombragée, avec au loin un horizon gris et ocre de tuiles et de zinc, et par-dessus tout la lumière d'un ciel bleu, presque sans nuage, le ciel d'un bel automne à Florence. Entre deux façades ensoleillées, j'aperçois un petit bout de la via San Pietro. Elle n'est aujourd'hui rien d'autre qu'une longue trouée de bitume sale, encombrée, où la poussière tourbillonne dans le soleil. J'ai pris ma meilleure plume, déchiré une feuille dans un vieux cahier d'écolier à spirale, et *ecco*.

Hier soir, vois-tu, j'ai dîné tard, avec un ami, sur la terrasse de son appartement qui domine tout Florence. Des fusilli *alla Paolo*, un *valpolicella* bien frais, mais je m'éloigne du sujet. Comme la nuit envahissait la ville, j'avais évoqué le parfum des femmes, cette fragrance de notre passé qui reste enfouie en nous à jamais. Et ce matin, je croise cet ami dans la rue, il me tend en riant ton hebdomadaire parisien. J'y découvre, dans les « pages gourmandes », la recette des fusilli à la mozzarella. Tu parles, toi aussi, de cette profondeur exquise que nous retrouvons au hasard des rencontres, et j'ai d'abord cru que la coïncidence l'amusait. Mais non, il riait d'autre chose, d'un détail, celui qui justement m'autorise à t'écrire. Et d'ailleurs, permets-moi de te tutoyer (il est bien temps de te le demander…), de t'appeler par ce prénom de Giovanni, qui n'est sans doute qu'un pseudonyme.

Donc, j'ai lu ta recette, étonné par tes tournures de phrases, si proches parfois des miennes lorsque j'écris en français. Je t'ai imaginé devant ta feuille, te relisant. Tu n'as pas reconnu dans tes mots ce que tu aurais voulu y lire, mais le temps t'a pressé, peut-être aussi la lassitude. Ah, ces articles de commande… Alors, tu t'es résigné d'un soupir, et tu n'as pas souhaité revenir sur ce premier jet. Comme disait l'autre, le bon Homère sommeille quelquefois. Nous reparlerons une autre fois de cette création inachevée, de ces personnages qui attendent de prendre vraiment vie.

À cet instant, tu dois t'interroger : quelle étrange lettre ! Voici l'explication : le nom inscrit sur mon passeport est Giovanni d'Arezzo.

J'ignore par quels détours tu as pu choisir ces prénom et patronyme. D'Arezzo est sans doute assez noble pour faire oublier la banalité du Giovanni, et l'ensemble a, j'imagine, ce qu'il faut d'italianité pour créer l'exotisme et la distance. Moi qui vis avec depuis toujours, je n'ai rien à lui reprocher.

Je te quitte ici, à regret. J'attends ta deuxième recette avec impatience, et suivrai tes progrès avec bienveillance. Tu signaleras d'ailleurs à ton rédacteur en chef que cette coïncidence de noms lui a valu un abonnement de l'étranger.

Giovanni d'Arezzo

*

Carnet de l'auteur :

Reçu au journal une curieuse lettre postée de Florence, d'un homme qui porte pour nom mon pseudonyme. Pas d'adresse ni d'indices. La lettre était tapée à la machine, l'enveloppe écrite à la main. Une plume déliée, fine, d'un stylo de prix. Si c'est une plaisanterie, elle est bien montée. Je l'ai montrée à Laure, qui m'a suggéré un coupable possible : Franck. C'est bien dans son genre. À vérifier.

Ce matin, au réveil, Laure m'a embrassé et murmuré : « Tu ressembles à un cachalot bouffi, échoué sur une dune de coton blanc. » J'ai ri, j'ai grogné : « C'est assez, sors d'ici ! », mais Laure n'a pas relevé le mauvais jeu de mot. Elle a caressé ma joue, couru prendre sa douche. J'ai remonté les draps sur mes épaules, et j'ai fermé les yeux pour mieux sentir la chaleur de la nuit. Puis, je me suis levé, je suis entré dans la vapeur de la salle de bains, et tout de suite mon regard s'est posé sur le joli corps doré de Laure, qui se savonnait en me tournant le dos. J'ai approché mon visage du miroir, couvert de buée jusqu'à la rangée des lampes. Cachalot ? Oui, pourquoi pas… Dugong, peut-être… Ou lamantin. Voici quelques années, il m'arrivait d'être rassuré, de me trouver beau. Cela m'arrive de moins en moins souvent.

J'ai également achevé – dans la douleur, évidemment – ma deuxième recette, le persil de la via San Pietro, avec quelques hommages secrets à Giovanni.

*

Le persil de la via San Pietro

(Chronique parue le…)

La via San Pietro, maman et moi la prenions chaque mardi, pour aller chez Suzanna. Je courais à côté de maman qui marchait vite, les odeurs d'épices et de fruits des étals se mêlaient aux fumées des voitures. Puis nous tournions le coin de la rue, dépassant l'agitation bruyante du Caffè Francesca, et nous engagions sous le porche de l'immeuble de Suzanna. Les sons s'estompaient alors soudain, et la fraîcheur de l'escalier tombait sur ma nuque et mon front en sueur.

Par la fenêtre de la cuisine de Suzanna, lorsqu'on se penchait – « Pas trop, mon Giovanni, tu vas tomber ! » –, on apercevait aussi, par une béance entre deux façades jaunes et ensoleillées, un petit bout de la via San Pietro. Ce soir-là, Suzanna préparait des fusilli *alla Paolo*, et hachait menu deux gousses d'ail et un oignon.

D'ici, la via San Pietro n'était qu'une longue trouée de bitume sale, encombrée, où la poussière tourbillonnait. Il y a eu le beuglement de trompe de l'usine qui fermait : les frères de Suzanna n'allaient pas tarder. Elle a jeté l'ail et l'oignon dans l'huile chaude de la poêle, et, un instant, leur grésillement clair a couvert les pétarades des *guzzis*, les klaxons et les crissements des pneus.

J'ai entendu la porte d'entrée s'ouvrir, et elle a jeté les fusilli dans l'eau bouillante. Dans la poêle, elle a ajouté deux tomates pelées, quelques feuilles de basilic, une poignée de persil haché, salé et poivré le tout. Quand les fusilli seraient *al dente*, il n'y aurait qu'à mélanger et ajouter le parmesan.

Suzanna est revenue à la fenêtre, elle a passé ses doigts dans mes cheveux et s'est appuyée à la barre de bois du balcon. Une minuscule feuille de persil scintillait sur le dos de sa main bronzée, d'un vert dense et très pur, d'une couleur si sereine qu'on aurait dit une infime parcelle de la divine Création, égarée dans le tumulte des hommes.

J'ai touché le bras de Suzanna, ému, j'ai dit : « Regarde, Suzan… »

Mais elle a souri, pris la feuille sur son index et l'a posée sur mes lèvres. Et c'était comme communier avec la vie.

Giovanni d'Arezzo

*

Florence, le…

Carissimo Giovanni,

C'est encore moi, ton mystérieux homonyme et pourtant inconnu. Imagine-moi, masqué d'un loup de carnaval, une grande cape noire et pourpre jetée sur mes épaules, assis à un bureau de bois dans cette même chambre florentine. À cette heure, le soleil baigne la pièce en désordre d'une lumière dorée, elle tombe oblique et drue comme toujours en hiver. Je songe, avec un sourire, que tu dois en cet instant soupçonner chacun de tes amis d'être coupable d'une sournoise plaisanterie.

Merci de m'avoir indiqué d'une façon élégante et codée que tu as reçu ma lettre, et de l'allusion à la via San Pietro. Pardonne-moi de ne pas encore t'indiquer d'adresse pour me joindre. L'heure n'en est pas venue.

J'ai lu ta deuxième recette avec amusement et intérêt, comme un grand frère qui reçoit une lettre de son benjamin.

Avoue-le, cette fois encore, ta Suzanna est née de trop peu d'émotions. Tu dois regretter de ne pas avoir osé un autre prénom, un prénom qui appartienne vraiment à ton passé – Aurelia, Isabela, Maria, que sais-je ? –, un prénom dont les résonances évoqueraient des gestes tendres, des lieux où tu aurais eu tes habitudes. Mais que te reste-t-il de ces visages d'autrefois, que tu as cru aimer, et si bien connaître ? La nuit parfois, tu tentes de les reconstruire, avec patience, pour trouver le sommeil dans cette tendresse et cette douceur. Pourtant, dans cette lune claire de ta mémoire, il n'y a souvent pour seule musique qu'une paire d'yeux rieurs, la courbe d'un sein, une écharpe de cachemire oubliée sur un divan.

Je sais qu'il en est ainsi, c'est un jeu auquel je joue, moi aussi.

Suzanna t'échappe, elle n'est prisonnière d'aucun souvenir. Elle a surgi au milieu d'une de ces brumes matinales, où tout parait irréel, avec sa senteur chaude et poivrée qui te rappelle tant d'amours. Cette vapeur imprécise masque l'ovale de son visage, elle affadit l'amande de ses yeux noirs.

Oh, bien sûr, tu aurais pu mieux dépeindre encore ces traits singuliers qui font d'elle « ta » Suzanna, la fossette au creux de ses joues, cette boucle de cheveux bruns qu'elle ramène chaque fois en arrière. Tu aurais pu évoquer le timbre parfois rauque de sa voix, l'accent chantant qui colore ses phrases. Mais chaque détail imaginaire en fait surgir un nouveau, comme si, loin d'inventer son visage, tu le découvrais peu à peu dans la pénombre. Suzanna est un enfant qui grandit librement en toi, hors de toi aussi, et rien de ce que tu pourrais décrire n'épuisera jamais sa richesse.

Et ce petit Giovanni, qui dit « je » quand tu écris, que lui as-tu légué de toi ? Tu ne lui as même pas dessiné une frimousse. Il n'est qu'une chevelure bouclée, tu l'observes par au-dessus, comme le Bon Dieu ses créatures. Est-il joufflu, chérubinesque, ses yeux sont-ils noirs eux aussi, son nez est-il en trompette, camus, grec ?

Mais je plaisante, mon Giovanni (comme dirait Suzanna). Il est vrai qu'on ne décrit pas sans difficulté ni danger un « je », surtout lorsqu'il n'est pas soi.

Je t'embrasse, affectueusement.

Giovanni

*

Carnet de l'auteur :

Une seconde lettre de Florence m'attendait au journal. Plus ironique encore que la première, plus intime aussi, et je me sens attiré peu à peu par ce subtil ferrailleur. Je vais y répondre dès que possible.

Cette lettre m'a troublé, et c'est sans doute pourquoi j'ai aussitôt dépensé huit mille francs. Trop pour moi, même pour un exemplaire de la *Vita nuova* de Dante, relié plein cuir, d'un carmin à peine pâli malgré les siècles. Le libraire avait l'air si sûr de lui : « Regardez : 1543. C'est l'une des toutes premières éditions imprimées… Touchez le grain du papier, on sent encore la fibre du pin. » J'ai hoché la tête, presque penaud, comme chaque fois que ma bibliomanie lutte avec mon avarice.

*

Paris, le…

Cher Giovanni,

J'ai reçu ta première lettre avant-hier au journal, et la seconde, ce matin. Les renseignements internationaux m'ont communiqué l'adresse de trois Giovanni d'Arezzo habitant à Florence, d'où tu as posté ta lettre, et je t'écris aussitôt. Ou plutôt vous écris, car j'ai recopié cette même lettre trois fois, l'ai glissée dans trois enveloppes aux trois adresses, et – quelle prudence ! – conservé l'original.

Je ne suis guère étonné qu'il existe plusieurs Giovanni d'Arezzo en Italie, et même plus d'un à Florence. Mais que l'un d'entre eux ait eu l'idée de m'écrire, et aussi gentiment, me comble de plaisir. *Ma certo* que je t'autorise à me tutoyer : ne sommes-nous pas en quelque sorte frères jumeaux ? Et d'où te vient un aussi bon français ? Est-ce ta langue maternelle ?

Tu me demandes : Pourquoi Suzanna ? Tu l'as deviné, ce nom est sans visage. Je n'ai pas voulu jouer avec mon passé, peut-être par peur de me trouver toujours insatisfait avec les phrases. J'ai songé à l'appeler Maria, mais je n'ai pas osé. Maria, c'était autre chose, Maria, je fermais les yeux et le monde était infiniment rouge, je respirais contre sa poitrine, et l'air était tiède et sucré.

Tu vois bien que je n'aurais pas su trouver les phrases ni les mots, et puis, noir sur blanc dans le journal, je te le répète, je n'aurais pas pu.

Alors, j'ai choisi Suzanna, un prénom qui résonne d'images imprécises, comme s'il appelait en moi des souvenirs très anciens. J'ai aussi songé que j'aimerais construire une Suzanna, à partir de la tendresse que je porte en moi, que je suis prêt à lui donner si un jour elle surgissait.

Et pourquoi Giovanni ? Je trouve que c'est un prénom de petit garçon, d'ailleurs tous les prénoms italiens sont des prénoms de petits garçons. Vraiment, cher Giovanni, je ne saurais pas t'expliquer. Mais les John, les Peter, les François, les Wilfried, tous prennent des rides. Pas les Alberto, les Claudio, ou les Marcello. Peut-être à cause du soleil qui se glisse entre chaque syllabe, de cette lumière qu'ils portent en eux.

Je me suis plu à te rêver, et tu avais raison là aussi, j'ai imaginé un Monsieur d'Arezzo, de prénom Giovanni, avec bien plus d'aisance que je ne saurais décrire le mien. Puisque, tu l'as deviné, tel n'est pas mon vrai nom. Giovanni, tu es né en 1945, le 12 avril, fils du comte Ottavio d'Arezzo et d'une mère française (comment expliquer sinon ta maîtrise de ma langue ?). Son prénom pourrait être Anne, ou Laure. Une sœur, Laetitia, ton ainée de trois ans. Tu joueras peu avec elle. Trois ans de différence, c'est à la fois trop et trop peu à la fois pour que deux enfants s'apprécient. Mais ton enfance sera malgré tout heureuse, dans cette grande maison aux hautes fenêtres, lumineuse le jour, pleine de craquements la nuit.

Puis, tu as à peine dix ans, ton père décide que tu seras diplomate. Il t'inscrit dans un pensionnat privé, à Milan, où tu parles jour et nuit la langue de Molière. Mais la perspective de devenir ambassadeur te déplaît, ta mère te soutient dans ce choix, sans doute parce que cette carrière t'éloignerait d'elle.

Nous sommes déjà à la fin des années 1960, et tu commences des études supérieures de droit, à l'université de Florence. Sage au milieu des troubles estudiantins, tu portes un regard distant sur la révolte de tes amis. Tu la juges à la fois vaine, sincère, et tellement démesurée. Une dizaine d'années plus tard, tu entres au barreau de Turin, et tu y rencontres Magdalena Sturdze, la si jolie fille cadette du *professore* Sturdze, qui fut ton enseignant de droit constitutionnel. Ses yeux, comme ceux de ma Suzanna, sont bien en amande, et noirs, et profonds. Elle devient ta femme, la cérémonie se déroule en l'église San Marco, bien que tu doutes fortement de l'existence de Dieu, tout comme d'ailleurs Magdalena. Mais cela fait tant plaisir à tes parents.

Ce jour-là, tu portes, par indépendance et souci d'originalité, un costume de soie crème. Il ne quitte plus aujourd'hui cette armoire vénitienne en citronnier sculpté qui fait face à votre lit, car la tache de lambrusco que tu as renversé ce soir-là sur ta manche n'est jamais vraiment partie. De toute façon, comme tu as quelque peu grossi depuis, le costume ne te va plus, reconnais-le.

Aujourd'hui, tu habites la vaste villa de ton grand-père, dans la banlieue résidentielle, et tu y élèves du mieux possible les trois enfants que Magdalena t'a donnés, deux filles, Francesca et Judith, puis – « Enfin ! » a songé ton père le comte d'Arezzo – un garçon, Fabrizzio. C'est peut-être à lui que ressemble le plus mon Giovanni.

Demain, c'est l'anniversaire de ton aînée, Francesca. Elle fête ses dix ans, et devant toute la famille réunie, tu lui offriras son premier bijou de valeur, un collier de perles sauvages, nacrées et pures comme le blanc de ses yeux. Tout le monde applaudira, chuchotera – quel beau bijou, pour une si jeune enfant –, et elle se mettra peut-être à pleurer. Tu devras la consoler.

Tu as conservé à Florence ce studio exigu, inconfortable et mansardé, celui-là même où tu as vécu tes années d'étudiant, dont tu dis souvent à tes amis, avec un clin d'œil coquin, qu'elles furent « inoubliables. » Dans quinze ans peut-être, tu y installeras Fabrizzio, et lui aussi recevra de fausses timides au milieu des empilements de livres dans des draps blancs froissés. Ce soir, cet hebdomadaire parisien à la main, tu as rendu visite à tes souvenirs, et – est-ce à cause de l'atmosphère romanesque de ton adolescence qui baigne encore la petite chambre sous les toits ? –, tu as pris tout naturellement la plume pour m'écrire. Quand ta lettre a été achevée, tu l'as relue, tu as souri, secrètement fier de toi, soudain plus jeune, plus svelte et plus léger. Tu pourrais presque entrer dans ton costume clair…

Tu aimerais recevoir une réponse, et pourtant, par défi, tu n'as indiqué d'adresse dans aucune lettre. Plus tard, sans doute, si une troisième suit… Puis, tu as refermé les volets poussiéreux de la chambre, respiré une dernière fois l'odeur de ton passé, et refermé la porte, à double tour, les yeux mi-clos, attentif au clac-clic si caractéristique des *penne* dans la serrure. Tu as descendu l'escalier à la volée, comme autrefois, mais arrivé en bas, le souffle t'a manqué. Tu as pensé au temps qui s'envole, à la vieillesse, à la mort, oh ! un instant seulement, assez cependant pour te faire frissonner. Alors, tu as couru te jeter dans cette flaque immense de soleil, juste devant toi, pour qu'elle balaie tes idées noires.

Maintenant, tu es dans la rue, tu lèches le timbre et le colles sur l'enveloppe. *Quanto lire per la Francia*, déjà ? Et tu la glisses dans la boîte aux lettres. Machinalement, tu jettes un regard sur le petit panneau de métal, sur les horaires des levées, et tu comptes mentalement le temps qu'il faudra pour qu'elle me parvienne. Lundi ou mardi. Après, tout dépendra de moi.

Qu'en penses-tu ? Te reconnais-tu dans mes inventions ? Qui est le vrai Giovanni ?

Amicalement.

Ton « Giovanni »

P.-S. : Puisque cette lettre a eu plusieurs destinataires… Aurais-tu, cher ami, la gentillesse de me dire lequel de ces d'Arezzo tu te trouves être ?

*

Le..., Bologne…

Cher monsieur,

La poste centrale m'a fait parvenir ce matin une lettre de France. Mon nom s'écrit Darezzo, sans apostrophe, mais dans le bottin, il y a une erreur. Vous en êtes l'expéditeur, comme il est indiqué au dos. Cette lettre était si curieuse que je suis allé sur-le-champ à la bibliothèque. J'y ai consulté différentes revues françaises, puisque vous disiez travailler dans un journal. J'ai trouvé votre signature, en bas d'une recette de pâtes, les fusilli *alla Paolo*.

À la lecture de votre lettre, j'ai été saisi de vertige. Mon enfance, voyez-vous, ne ressemble pas du tout à celle de votre Giovanni, à ce fils du comte d'Arezzo et d'une bourgeoise de France. Je suis né peu après la Grande Guerre, j'avais un an quand Mussolini a marché vers Rome, et j'ai fêté mes soixante-dix ans il n'y a pas si longtemps. Mes parents étaient communistes, ils ont dû fuir les persécutions des fascistes, et je les ai suivis, avec mon frère. À l'école communale d'un minuscule village, au nord de Toulouse, j'ai appris votre langue. Les petits Français m'appelaient « spaghetti », parce que j'étais un petit rital – on dit encore comme ça chez vous, aujourd'hui ? –, long et maigre. Nous y sommes restés vingt ans, et il paraît que j'ai gardé l'accent de là-bas. Après la guerre et la Libération, mes parents sont revenus vivre à Florence. Mon père y a retrouvé un emploi, dans une imprimerie du Parti. Moi, j'ai pris un poste dans un collège, où j'ai enseigné le français – « version cassoulet », disaient mes collègues – à de jeunes adolescentes. L'une d'elle est devenue ma femme. Les hasards de l'existence…

Je voulais vous parler de ce vertige, de cet étourdissement : c'était comme si cette identité des noms avait effacé toute distance, comme si ma vie et celle de votre Giovanni avaient été posées côte à côte, comme deux clichés d'enfants rassemblées dans un cadre. J'ai entrevu cette villa blanche comme la chaux, que vous décrivez si bien dans votre lettre, imaginé son parc planté de mimosas et de bougainvilliers. Mes parents étaient là, vêtus de soie claire, un verre de citronnade fraîche à la main. Devant cette image qui s'imposait à moi, je n'ai pas eu de regrets. Je n'ai pas même songé à ma femme Anna, ou à Laura et Cosme, nos enfants, qui ont parfois souffert de notre pauvreté. Non, pas de regrets. Un vertige, vraiment, je crois que c'est le mot. Un instant seulement, il m'a été permis de voir, par une fulgurante trouée dans l'azur, l'absurdité du monde.

Pardonnez-moi ce qui peut vous sembler une leçon de morale, monsieur, mais je me suis demandé pourquoi vous aviez imaginé un tel Giovanni d'Arezzo.

J'ai pensé : sans doute c'est cette lettre qui l'a influencé ? Ou peut-être l'origine postale de la lettre ? À Florence, cité des Médicis, qui pourrait croire qu'un fils d'ouvrier typographe ose habiter ? Ou même encore, qui d'autre qu'un fils de comte aurait pu lui écrire ?

Et puis, la colère est retombée. J'ai repris votre lettre. Il y avait aussi dans ce portrait imaginaire une ironie tendre, une provocation amusée. J'ai souri, et j'ai cru comprendre que vous n'étiez pas né dans ce monde où tout paraît facile. Si vous y aviez plongé le Giovanni de pacotille de votre lettre, c'était sûrement, même inconsciemment, pour éloigner un correspondant indésirable, un oisif frivole. Alors, je vous l'ai dit, je suis allé à la bibliothèque. C'est là que j'ai découvert, dans un hebdomadaire français – facilement, il n'y en a pas tant que cela – votre recette des fusilli *alla Paolo*.

J'ai trouvé votre texte bien joli. Ce qui m'a plu tout de suite, c'est d'abord ce tumulte et toutes ces odeurs anciennes. Vous les brassiez avec un plaisir jouisseur, vous aviez rempli cette ville de vie à ras bord. J'ai senti naître pour vous une affection nouvelle, j'ai lu et relu votre histoire, et j'ai eu envie de vous répondre, même si ce premier courrier n'était pas pour moi. Alors, j'ai acheté du papier à lettres et des enveloppes avion. Leur bleu a pour moi la couleur des vacances, et cela me rajeunit. En plus, écrire en français est bon pour faire travailler mon cerveau.

Ici, en haut à gauche, il y a une tache de chocolat. C'est que je me suis assis à la terrasse d'un café pour vous écrire. Le lieu s'est imposé de lui-même, il donne sur une place avec une fontaine, les tables sont rondes, en formica beige, et les chaises tressées de boudin de plastique noir. J'avais commandé un capuccino, mais le garçon s'est trompé et je n'ai pas eu envie de réclamer.

Ma femme et moi n'habitons plus Florence, depuis que nous avons pris notre retraite. Nous avons quitté notre deux-pièces pour un pavillon dans la banlieue de Bologne. C'est là que mon fils Cosme travaille, comme technicien, à la Teledison. C'est une entreprise qui fabriquait des postes de radio, mais ça ne marche plus très fort aujourd'hui, et je crois qu'ils cherchent un capitaliste pour racheter. Nous avons un jardinet où Anna entretient un grand sorbier et quelques azalées. Et puis, Bologne, c'est plus facile pour Cosme et sa femme s'ils veulent venir nous voir, avec les enfants.

La poste fait encore parfois suivre le courrier, mais je vous indique malgré tout en bas notre adresse. Mais je sais que votre lettre ne m'était pas destinée et je comprendrais si vous ne me répondiez pas.

Je continuerai de mon côté à lire avec plaisir vos histoires à la bibliothèque. Peut-être même qu'Anna découvrira ainsi des recettes qu'elle ne connaît pas (mais j'en doute). Je n'aurai pas besoin de lui traduire les lettres que vous aurez la gentillesse de nous écrire. Elle est, elle aussi, professeur de français. Bien à vous.

Giovanni Darezzo

*

ET DIEU CRÉA LA PASTA

(Chronique parue le...)

Suzanna a cassé une dizaine d'œufs dans un grand saladier azur, pris une fourchette dans le tiroir, me l'a tendue en souriant : « Bats-moi ça, mon Giovanni, et je vais te raconter comment Dieu a créé la pasta. »

Suzanna a battu des cils, ses yeux étaient aussi noirs que la nuit, et elle a versé un kilo de farine dans un grand plat : « Dieu a d'abord créé la terre et le sable, il a ouvert au centre de la montagne un grand cratère, et il l'a ensemencé. » Dans ce puits, elle a jeté une pincée de sel, deux cuillerées d'huile. Elle m'a pris le saladier des mains, versé l'épais liquide orangé dans le cratère blanc : « Alors, de son sang, il a fait naître un lac, et patiemment, il a mêlé la vie et la terre. »

Elle ramenait peu à peu la farine du bord vers le puits, pétrissant sans hâte le mélange. Une fois, puis une autre, elle a ramené la pâte en boule avant de l'écraser de nouveau de la paume.

Soudain, Suzanna a pris ma main, et l'a posée presque brutalement sur la pâte lisse et ferme, souple et élastique, encore chaude de sa chaleur : « *La senti*, Giovanni ? C'est doux et vivant, comme la peau d'une femme. »

Elle s'est adossée à la fenêtre, a chassé d'un souffle une mèche qui lui cachait les yeux et elle a couvert la pâte d'un torchon : « Dieu, après avoir tellement travaillé, s'est donné dix minutes pour respirer. Il se demandait ce qu'il pourrait bien faire de cette grande boule. Et comme il n'avait pas d'idées, il a tapé de son poing sur elle, l'étalant en une galette très fine. La farine voletait dans l'air, et il a éternué si fort que la pâte a eu peur et s'est enfuie dans tous les sens, en prenant toutes les formes possibles. Et c'est ainsi que sont nés les *bucatini*, les *orrechiette*, les *spaghetti*…

— Et même les petits vermicelles ? j'ai demandé.

— *Si, si*, même les petits vermicelles », a répondu Suzanna, et elle a éclaté de rire.

J'ai rougi, et aujourd'hui encore, quand on me sert une soupe de vermicelles, je crois bien que le sang monte à mes joues…

Giovanni d'Arezzo

*

Carnet de l'auteur :

En feuilletant ma *Vita nuova*, j'ai découvert une eau forte : Dante Alighieri représenté en ange aux ailes plumées à la porte du Paradis. En marge, une demi-page d'annotations à l'écriture serrée : « *Miraculus In Primo Secondus… Ex Parmae In Verona Subterfugat Secretus… Ante Ferit Quant Flamma Micet…* » et autres latinités. Et au milieu de ces pattes de mouches, j'ai lu : « *Visita Interiora Terme Rectificando Invenies Occultum Lapidem.* » Cette dernière phrase évoquait quelque chose, mais il m'a fallu deux heures avant d'en retrouver le sens. Les initiales des mots de cette phrase donnent « Vitriol », l'acide sulfurique, écrit en français. Dans ma période ésotérique d'adolescent, j'ai lu nombre d'ouvrages d'alchimistes où apparaissait ce rébus. L'usage du mot français de la part d'un Italien m'a d'abord étonné. Le propriétaire du livre voulait-il ainsi renforcer l'opacité du message ?

J'ai relu sur la page de garde le nom du propriétaire : Antonio Scrochetti, Venise, 1572. Ça ne me dit rien. J'ai essayé de traduire, mais mon latin est par trop incertain. J'irai voir André ce soir ou demain. Il saura débrouiller cela.

J'ai reçu une lettre d'un retraité bolognais, encore une sauce de spaghetti. Je vais devoir un jour y répondre, même brièvement. Franck semble vraiment n'être pour rien dans cette curieuse histoire de lettres florentines. J'ai pourtant essayé de le faire se couper. J'ai idée qu'il a trop de problèmes d'argent en ce moment pour s'amuser à d'aussi frivoles passe-temps.

*

Florence, le…

Giovanni mio,

Eh oui, c'est toujours moi, ton homonyme florentin.

Tu ne m'as pas encore répondu (j'admets que c'est naturel, puisque tu n'as pas d'adresse où me joindre. C'est pourquoi je t'indique ci-dessous une boîte postale à laquelle tu peux désormais écrire. Je suis certain que tu le feras vite). Mais le premier numéro de l'abonnement m'est parvenu, et je me suis précipité à ta page.

Tu m'as bien fait rire avec ton histoire de Dieu, tellement peu vraisemblable. Car vois-tu, si quelqu'un doit un jour avoir créé la pasta, ce ne peut être que le diable. Pas le méchant diable, pas celui des mensonges et des guerres, avec ses pieds fourchus et ses cornes d'os couleur de sang, pas lui, non, mais le *piccolo diavolo*, le petit diable astucieux que tu trouves derrière chaque espièglerie d'enfant, derrière chaque sourire d'inconnue croisée dans la rue, derrière chaque pensée gourmande de vie.

Notre petit diable devait être là, assis sur une épaisse poutre transversale dans une grande cuisine, au-dessus des fourneaux de cuivre et des tables de chêne, et au moment où le mitron étendait la farine pour faire son pain, il a dû pousser un œuf en riant, ping, puis un autre, plof, dans la poudre blanche, et souffler au garçon ces gestes secrets qui ont donné naissance à la pasta que nous aimons tant.

Parce que, tu vois, lorsque Dieu crée, notre petit diable sans vrai pouvoir, lui, invente, bricole, il détourne la création divine, il fait – comment dites-vous, les Français ? – flèche de tout bois ? Chaque fois, Dieu, dans son incommensurable bienveillance, tolère cette subtile tricherie. Crée-t-il le fleuve ample et profond ? Le petit diable invente le gué et les rapides. Les étoiles sereines et silencieuses ? Le malicieux les fait filer et siffler dans la nuit. La mer de houle et les volcans ? Le joueur malin fabrique l'atoll et le lagon.

C'est cette histoire-là que tu aurais dû raconter, au lieu de nous donner encore du Bon Dieu. C'est vrai qu'il a un petit lopin de rien du tout en Italie, mais sais-tu qu'il paye son loyer au diable, qui possède, lui, toute la Péninsule ?

Je t'embrasse fraternellement, mon Giovanni.

Ton Giovanni

P.-S. : Dans la première histoire, tu rougissais déjà, dans la troisième, tu vires de nouveau au pourpre. Tu devais être un enfant bien timide… Ah, et puis aussi, tes « yeux aussi noirs que la nuit », n'aurais-tu pas pu nous les épargner ?

P.-P.-S. : Et aussi, as-tu connaissance des règles précises d'un jeu dénommé le Jeu militaire, que l'on jouait durant la guerre de 1870 et le siège de la Commune de Paris ? Je suis mathématicien amateur et j'en recherche la règle depuis plusieurs mois. J'ai l'intime conviction qu'il existe pour tous les jeux une stratégie gagnante à coup sûr, et on m'a dit que des thèses de théorie des jeux sur cette question, soutenues en France au début du siècle, s'appuyaient sur celui-ci. D'avance, je te remercie.

*

Pisa, il…

Caro signor d'Arezzo,

Ho ricevuto la sua lettera ieri mattina all'indirizzo di mia sorella a Firenze, perchè nell'elenco c'e ancora il mio nome. Ho capito che Lei scrive per un giornale di Parigi, che rispondeva ad una persona che si chiama, come me, Giovanni d'Arezzo, che è poi lo stesso nome con cui

Lei firma nel giornale. Non so di che cosa Lei parli, forse è critico cinematographico o commentatore politico. Qui i giornali francesi non li ho.

Mi ci è voluto un po'di tempo per leggerla, la sua lettera. Prima il francese lo conoscevo meglio, comunque poco per volta, quando provo, mi ritorna. Potrei risponderle semplicemente che non sono il signore di Arezzo che le ha inviato la lettera, e che non valeva la pena di spendere I soldi per il francobollo. Ma era tanto tempo che non ricevevo più posta che l'ho letta tutta saltando i passaggi che non capivo, rivenendo su quelli difficili. Ora la conosco frase per frase, quasi a memoria. Mi sono iscritto ad un corso di francese, per la formazione…

*

Pise, le…

(Traduction française. Certaines maladresses de style ont été respectées.)

Cher monsieur d'Arezzo,

J'ai reçu votre lettre hier matin, à l'adresse de ma sœur à Florence, mais dans le bottin, c'est vrai, il y a toujours mon nom. J'ai compris que vous travailliez dans un journal à Paris, que vous répondiez à une personne qui s'appelle, comme moi, Giovanni d'Arezzo, qui est justement votre pseudonyme. Je ne sais pas de quoi vous parlez, peut-être vous êtes critique de cinéma ou spécialisé en politique. Ici, je n'ai pas les journaux français.

J'ai pris du temps pour la lire, cette lettre. Autrefois, j'ai su mieux parler français, mais petit à petit, quand j'essaie, cela revient. J'aurais pu écrire seulement que je ne suis pas le d'Arezzo qui vous a envoyé la lettre, que ce n'est pas la peine de dépenser l'argent du timbre. Mais cela faisait si longtemps sans courrier que je l'ai lue tout entière, en sautant les passages que je ne comprenais pas, en revenant après sur ceux qui étaient difficiles. Maintenant, j'en connais chaque phrase presque par cœur. J'ai repris des cours de français ici, en formation.

Parce que je préfère vous l'avouer dès maintenant, je suis en prison depuis quatre ans. La famille, vous savez, elle vient souvent la première année, et ensuite, elle tente de venir les dimanches. Ma mère, surtout, mais parfois, ce n'est pas possible. Alors bien sûr, si ça ne vous dérange pas, vous seriez gentil d'écrire, même une page toutes les deux ou trois semaines. Chaque fois, je répondrai.

Dans mon casier judiciaire, ils ont écrit que je suis condamné à dix ans pour « attaque à main armée et complicité de tentative d'assassinat ». Ça aussi, je préfère que vous sachiez. C'était une banque à Pise, la Banco di Roma, le caissier a voulu faire l'intelligent, alors que ce n'était pas son argent, et le type avec qui je faisais le travail a tiré. Quand nous avons voulu partir, la police a mitraillé la motocyclette, et je me suis réveillé dans l'hôpital, attaché contre le lit avec des menottes. Cela me fait rire aujourd'hui, parce qu'avec mes deux jambes plâtrées, dites-moi comment j'aurais pu me sauver ? Mon ami était mort avec la fusillade, mais il y avait l'employé, blessé gravement. Alors j'ai pris dix ans, dont trois avec sursis. Les prisons ne sont pas remplies d'innocents, mais c'est beaucoup, dix ans. Vous pouvez tout vérifier dans les journaux, ceux du 11 octobre, il y a presque cinq ans.

J'aurai vingt-sept ans dans deux mois, et je mangerai le gâteau de ma mère ici, avec les copains. Quoi dire encore ? Je suis de Gênes, et mes parents habitent toujours la maison, enfin entre Gênes et La Spezia, mon père est retraité de la Fiat, mais il a un emploi de gardien de nuit, au noir, dans un supermarché. Ma mère travaille dans une station-service, à mi-temps. Quand j'ai eu quinze ans, je suis allé faire le groom dans les grands hôtels, à Nice et Menton, à l'*International Waldorf*, c'est là que j'ai appris mon français. Je vous raconte tout, parce que je pense que c'est mieux, sinon sûrement que même vous, qui êtes un écrivain, vous ne sauriez pas quoi m'écrire.

Mais je veux aussi vous parler de votre lettre. Le Giovanni que vous inventez, lui et moi, nous n'avons rien à nous dire. Mais quand vous avez parlé de Maria, j'ai pensé à une fille dont j'avais fait la connaissance à Florence, quand j'y habitais, il y a au moins sept ou huit ans. Ma fille à moi s'appelait Francesca, Francesca Piana, je me souviens parce que je lui disais « *te amo pianissimo* ».

Je traînais souvent près de l'Université. C'est là que je l'avais rencontrée, dans un café d'étudiants. C'était une grande fille brune, très belle, aux yeux très noirs, elle portait toujours une longue jupe, bleue de mer, et un gilet rose. Elle étudiait les auteurs anglais, et moi, pour qu'elle veuille me revoir, j'avais dit que j'apprenais l'histoire de l'Opéra, j'avais même dit : l'histoire de la « grande musique. »

C'était un mensonge de gamin. Je voulais qu'elle s'intéresse à moi. J'aurais tout fait pour cela. Vous comprenez, je n'étais pas du même monde que ses amis, que les garçons de la faculté. Je ne parlais pas comme eux, je ne marchais pas comme eux, je ne riais pas comme eux. Même les cigarettes, je les fumais plus sur le coin des lèvres, comme un paysan qui mâchonne une brindille. Francesca, elle tentait toujours qu'ils ne nous croisent pas ensemble. Parfois j'essayais de parler avec eux, d'entrer dans leurs conversations, mais elle fermait ma bouche avec un baiser, elle disait « je dois partir, viens Giovanni... », elle inventait l'endroit, nous n'y allions jamais. Alors, elle se levait, et je la suivais. Elle avait honte de moi, et aujourd'hui encore, en écrivant cela, j'ai des larmes dans les yeux et je serre le stylo dans mes doigts.

J'avais une petite chambre, à l'adresse où vous m'avez écrit, que j'ai laissée à ma sœur, au dernier étage d'un immeuble délabré, près du quartier de la gare. Un soir de juin, j'ai emmené Francesca chez moi, en montant vite. Je ne voulais pas qu'elle voie la crasse dans l'escalier, les plaques de salpêtre sur les murs, la peinture qui tombait de partout. J'ai ouvert la porte et je l'ai faite entrer, sans oser parler. Le matin du jour, je me souviens, j'avais emprunté une douzaine de livres à la bibliothèque municipale, et je les avais disposés sur le plancher. Pour la véracité. Elle les avait regardés, en avait soulevé un ou deux, et elle avait souri : « Tu les as vraiment lus, tous ? »

Je suis devenu rouge, j'étais tout près d'avouer, mais elle a posé un doigt sur mes lèvres et elle m'a embrassé.

Je me suis agenouillé pour la serrer dans mes bras. Je trouvais que c'était un geste très romantique, pour la première fois. J'ai posé ma tête sur son ventre, sur la laine rose de son gilet. J'ai fermé les yeux. L'air était comme vous dites dans votre lettre, tiède et sucré. Et je suis resté là longtemps, elle caressait mes cheveux, douce, si douce.

Très tôt le matin, elle est partie, sans faire de bruit, mais je sentais encore son odeur dans les draps. Je me suis levé, j'ai voulu ouvrir la fenêtre, et j'ai vu sur la tablette les livres de la bibliothèque municipale. Sur les tranches des livres, il y avait collé les lettres des références, et avec elles, elle avait écrit un mot : CIAO.

Aujourd'hui, ces quatre lettres, je m'en souviens avec de la tendresse. Mais ce matin-là, j'ai pensé qu'elle se moquait de moi, et j'ai été pris de fureur, j'ai jeté les livres sur le sol. J'ai même dû payer la caution à la bibliothèque.

Je crois que je voulais seulement me réveiller près d'elle, préparer mon cartable pour un cours à l'université. Je voulais être comme elle, comme ses amis, mais la distance était trop grande, et elle m'a quitté avant que j'aie pu faire un pas vers elle.

Dans la petite succursale, à Pise, quand il y a eu le premier tir de mitraillette, quand tout a commencé à tourner autour de moi, j'ai repensé à Francesca. Et au moment où je suis tombé sous la Honda, j'ai revu les quatre lettres devant mes yeux, CIAO, CIAO.

Voilà ce que je voulais vous dire. J'évite de trop penser aux femmes depuis que je suis ici, de trop regarder sa photographie. Sinon, je crois que je deviendrais fou. Mais j'ai aimé vous parler d'elle. Écrivez-moi, en français, c'est bien pour moi, parlez de la vie au dehors, des femmes, de vous.

Je vous répondrai aussitôt, en italien, pardon.

Merci de vous être trompé.

Giovanni d'Arezzo

*

Carnet de l'auteur, le…

Avec ce taulard de Pise, c'est finalement de deux nouveaux correspondants que j'ai hérité ainsi en trois jours. J'hésite à répondre, mais quelque chose dans leurs lettres m'interdit l'indifférence. Laure a eu une jolie formule, elle a dit de ces trois Giovanni qu'ils étaient le Père, le Fils et le Saint-Esprit.

Laure dit que je n'ai pas le droit de ne pas répondre. Au prisonnier, surtout, « le Fils », dont l'écriture ronde, malhabile, presque enfantine, l'a émue. « Depuis combien de temps n'as-tu pas accompli une bonne action ? Et si c'était ton frère, ton jumeau ? Il porte le même nom que toi, après tout. Je crois même que tu leur dois. Ça te portera bonheur, tu verras, etc. » Laure, ma chérie, tu es tellement superstitieuse, et moi, j'ai tellement peur de passer, une fois de plus, pour un salaud.

J'ai aussi rendu visite au latiniste. Sur les notes dans le Dante, un fait acquis : Antonio Scrochetti parlait un bien mauvais latin. J'ai montré la photocopie des notes à André, il s'est mis à hurler aux barbarismes : « C'est très mal écrit, c'est farci de vieux toscan et d'expressions paysannes. » Il s'est moqué et il a ri : « Du latin de cuisine. De cuisine, c'est bien de toi… » Il a fait l'érudit : « Il y a même des paraphrases de l'Évangile. Tiens, là, par exemple : "*Qui habet oculos videndi, videat*" ! Ton Vénitien a remplacé les oreilles par des yeux dans le "*qui habet aures audiendi audiat*", que celui qui a des oreilles pour entendre entende. »

Et pourtant, certaines subtilités ont échappé à André : « Cette phrase-là, a-t-il persiflé, n'a aucun sens : "*Visita Interiora Terrae Rectificando Invenies Occultum Lapidem*", vraiment... »

Grave erreur, cher André… Toutefois, ta traduction, sans être limpide, indique le sens dans lequel il faut creuser : « Dans le Premier Miracle est enfoui le Second. L'eau devient rouge comme le plomb devient jaune. Le secret de Parme se cache à Vérone. Visitant l'intérieur de la terre, tu découvres la pierre occulte. L'image et le lieu du repas. Le Roi à la Toison d'Or est à la droite du Roi des Rois. Il frappe avant que la flamme ne brille. Compte trois colonnes. Observe la coupe, l'arc et le pinceau. Pierre, Paul et Judas, où est la raison ? Qui a des yeux pour voir, qu'il voie. »

André a trouvé une lecture possible de l'« eau devient rouge. » Dans l'Évangile, le premier miracle de Jésus est de transformer l'eau en vin. « Le plomb devient jaune » doit être le second miracle, et évoquer la transmutation du plomb en or. La pierre philosophale, bien sûr. André a ricané, en bon matérialiste scientifique, mais je vais malgré tout chercher dans cette voie.

*

Paris, le…

Cher, très cher Giovanni,

Comme ta lettre m'a fait plaisir ! Déjà, des nouvelles de toi. Merci de me donner cette adresse, je joins dans ce courrier une première lettre que j'ai fait parvenir – ne ris pas – à tous les Giovanni d'Arezzo de Florence. Peut-être, si tu es l'un d'entre eux, l'as-tu déjà reçue ?

Je suis heureux de notre correspondance. D'abord parce que, tu t'en doutes, il me sera plus facile d'écrire ces textes maintenant que je sais l'attention que tu veux bien leur accorder. Désormais, si tu le veux bien, j'écrirai pour toi, et j'éviterai (j'essaierai) « les yeux aussi noirs que la nuit »...

Je me prends à en espérer beaucoup plus que la naissance d'une amitié. J'aimerais, en quelque sorte, que nous échangions nos images du monde, nos souvenirs. Le filtre des phrases rend pudiques même les plus intimes confidences, impose de choisir ses mots, et je suis heureux de ne rien savoir de toi. Il est sans doute préférable que chacun de nous imagine l'autre, le recrée à ses couleurs. J'ai pour ma part prêté à ta voix cet accent florentin, quelque peu aristocratique, et une fine barbe, taillée de près, peut-être un collier...

Et pourtant, j'aimerais en savoir plus sur toi... Car encore un mot : tu joues avec mes histoires, tu les poursuis à ta façon et t'en amuses, mais de ton côté, que me livres-tu de toi pour te répondre ? Que tu sois mathématicien m'a fait sourire. J'ai, moi aussi, nagé dans ces eaux dans ma jeunesse. Mais je n'ai aucun souvenir d'un quelconque Jeu militaire. S'agit-il d'un jeu de cartes, d'un jeu à damier ?

À très bientôt.

Giovanni d'Arezzo

P.-S. : Je continue, comme tu vois, à signer de ce nom. Mais après tout, il est plus encore le mien que le tien, puisque tu t'en accommodes alors que moi je l'ai choisi.

P.-P.-S. : Sur le rougissement : je ne me souviens pas d'avoir été un enfant timide. Si je rougissais tant, c'était que mon orgueil était souvent blessé par les bévues de ma naïveté.

*

Florence, le...

Caro falso Giovanni,

Ta lettre (ou plutôt tes deux lettres) me sont parvenues ce matin à la poste centrale. Je ne puis te décrire ma joie quand l'employé a hoché la tête comme si ce nom de d'Arezzo tintait dans sa mémoire engourdie. Il a disparu au milieu des casiers de bois, et il est revenu, l'air très fonctionnaire, ta lettre au bout de son bras ballant. Il paraissait si épuisé que j'ai cru que tu y avais glissée une enclume. Il m'a tendu l'enveloppe, mais une certaine cérémonie était nécessaire, et je ne l'ai pas ouverte ni n'ai déplié les feuilles avant d'avoir pu m'attabler devant un *espresso*.

J'ai lu tes réponses consciencieusement, dans l'ordre dans lesquelles tu les avais écrites, et j'ai bien ri, comme tu t'en doutes, en apprenant l'histoire des trois Giovanni d'Arezzo florentins. Je suis désolé, mais je ne suis aucun d'eux, et tu as bien fait de me glisser la photocopie.

Tous les prénoms italiens sont des prénoms de petits garçons, dis-tu. Peut-être penses-tu cela à cause de l'impression que nous donnons parfois, nous autres Italiens, de ne jamais cesser de jouer, de tenir le sensible à distance. Nous possédons, comme disait *non so chi*, l'art d'être superficiels en profondeur. Mais tous, nous avons grandi avec le prénom de notre enfance. Quand j'ai eu treize ans, j'aurais voulu en changer, comme un serpent qui abandonne une peau trop étroite. Pour entrer dans l'âge adulte, j'aurais choisi Ludovico, Pier, Tommaso, un prénom dur et claquant comme un silex, aux sonorités rêches que la voix de ma mère n'aurait pas colorées d'amour et de douceur. Mais aujourd'hui, si j'avais abandonné mon Giovanni, je crois que l'heure serait venue pour moi de le décrocher du clou, et il me serait de nouveau allé comme un gant.

Puis tu m'as imaginé. Fils d'un comte, j'ai souri. Deux enfants, *perchè no* ? Mais pourquoi aussi commencer par évoquer mon enfance, descendre peu à peu le cours de ma vie ? Est-ce ainsi que tu te raconterais ? J'hésite à te parler de moi, j'hésite toujours à parler de moi. Tu me demandes des fragments de la réalité de ma vie, tu veux sans doute mieux me connaître pour mieux m'imaginer.

À en croire mes amis, je suis un de ces hommes qui paraissent toujours s'ennuyer et dont on dit qu'ils ont l'air anglais. Alors, *to begin with*, ce costume de soie crème, taché de vinasse, dont tu parlais dans ta lettre, il n'existe pas. Et ce matin, je porte une veste de velours vert d'eau, ample et claire, avec, aux épaules et aux coudes, des pièces de daim terre de Sienne. Un pantalon de toile écru, une chemise de coton épais. Blanche, comme souvent. Sous le bras, enfin, un imperméable crème, au cas où le vent fraîchirait. Un collier de barbe ? Non, même pas.

T'en dire plus me semble prématuré. Peut-être mon âge est-il proche du tien… Et te l'avouerais-je, que saurais-tu de plus ? Tu te contenterais de peser le nombre de mes années au côté de celui des tiennes, et tu croirais pouvoir percer le secret de ces deux chiffres. Mais tu ne verrais jamais toutes ces années défiler dans ma mémoire, avec leurs cortèges de visages et de noms, de douceurs et de blessures, tu ne pourrais deviner le sillage qu'elles ont laissé en moi.

Alors voilà, je vais malgré tout t'aider : lorsque l'on construit un puzzle, on commence par classer les pièces en petits tas bien ordonnés. D'abord, on rassemble les pièces à bord droit, celles dont on est certain qu'elles iront sur les bords du puzzle, puis on identifie les croix, celles qui s'emboîtent de tous les côtés ou celles dans lesquelles tout s'emboîte. Il y a aussi ces pièces en forme de bonshommes, enfin les croix de Lorraine. Puis, on tente de les regrouper par dominante de teinte, parce qu'on croit reconnaître le bleu du ciel, qui va en haut, le pourpre et l'or d'un vêtement, en bas à gauche. Donc, je vais te donner une pièce en croix creuse, qui va plutôt au centre, de couleur indigo. C'est un nom de couleur que j'aime bien, ça ressemble à dingo, mais je n'arrive jamais à la définir vraiment. Parfait pour une pièce de puzzle.

C'était le lendemain de mes treize ans, le jour où j'ai quitté mon village natal, près de Volterra, en Toscane. Imagine-moi, je suis assis au bord de la route sur une valise de cuir, habillé en habits du dimanche, comme un jeune veuf, en train d'attendre l'autocar pour Florence. Je partais en pension au collège Goldoni, et la valise, c'est mon grand-père qui m'en avait fait cadeau. Grand-père était un paysan bourru, avare de tendresse et de mots, parfois brutal. Dans mon souvenir, il a toujours été vieux. Pourtant, je crois bien qu'à l'époque, il n'avait pas beaucoup plus de cinquante ans. Il était voûté, comme ces hommes grands qui ont toujours été entouré de gens plus petits, ou peut-être cela datait-il du temps de son service dans la marine, où les plafonds des bâtiments sont toujours bas. Il avait dû tricher pour devenir marin, parce qu'en Italie, je suis sûr que tu ne le sais pas, on ne prend dans cette arme que les hommes des villes côtières. Mais je m'éloigne de ma pièce de puzzle.

Ce jour-là, c'est un matin, très tôt. Je remonte encore les heures avant que je ne sois sur la route à attendre le bus. Je prends mon petit déjeuner dans la cuisine, tout seul – je crois, et la vapeur de café embue les carreaux. Au-dehors, on voit la brume de l'aube qui s'effiloche sur la campagne toscane, et là-bas, le ruban de la route de Florence qui se déroule entre les cyprès. Grand-père arrive derrière moi, il presse mon épaule, presque à me faire mal, et je sursaute. Il me prend la main, m'entraîne dans sa chambre, ferme la porte derrière lui, et tire cette grande valise de cuir de sous son lit. Elle devait y être depuis longtemps, le couvercle et les sangles sont couverts de moutons de poussière, mais il passe le revers de sa manche sur les cornières et les serrures de cuivre, et elles se mettent à briller, on dirait de l'or. Il délivre les deux fermoirs en même temps, il n'y a qu'un seul clac, c'est comme un geste vif et précis qui lui vient d'autrefois, de très loin.

L'intérieur de la valise est tapissé d'une soie beige élimée par endroits, et tout au fond, il y a un minuscule coffret de bois, un peu plus grand qu'une de mes boîtes à scarabées. Il le soulève comme un objet précieux, et sourit, en silence, sans me regarder. Il place une vasque pleine d'eau sur le chiffonnier, sous le miroir, il ouvre le coffret, et, méticuleusement, il aligne son contenu devant moi : un rasoir américain chromé à double tranchant, un blaireau au manche de corne, une petite tondeuse en acier, un savon à barbe, et une réserve de lames. Il dévisse le rasoir, engage une des lames, revisse, apprécie son fil du bout du doigt, mouille le blaireau, fait mousser le savon. Alors, lentement, il me barbouille la figure de mousse blanche et il rase l'ombre de barbe sur ma joue, le duvet sombre de ma moustache naissante, coupe net et droit la boucle brune sur ma tempe. Il passe une serviette humide sur mon visage, puis, toujours sans un mot, il démonte le rasoir, le nettoie, essuie la lame contre son pantalon, et range de nouveau tout dans le coffret, et le coffret dans la valise. Il s'agenouille, il a ce même mouvement instinctif des doigts pour jouer avec les fermoirs, et il pousse la valise vers moi : « Tiens. Elle est à toi maintenant. »

Et il ajoute : « Pense à moi. » Nos regards se croisent, ses yeux n'expriment aucune émotion, et je pense soudain : « C'est mon grand-père », avec une force et un amour incroyables. J'éclate en sanglots, je cours dans ses bras, et j'y pleure, longtemps, sans qu'il ne me serre contre sa poitrine ni ne me repousse. C'est, je crois, la seule fois que j'ai eu l'impression d'avoir une famille. Mais aujourd'hui encore, je me demande si sa voix à lui a tremblé un seul instant.

Et me revoici, une heure plus tard, assis sur la valise de cuir, toujours à attendre le bus pour Florence. Je suis là, avec mes souliers noirs cirés, déjà ternis par la poussière, avec mes joues rosies du tranchant du rasoir. Je passe et je repasse sur mon visage le dos de la main, dans l'espoir de sentir la râpe des poils, mais ma peau est douce comme celle d'un bébé. Les hoquets pleurnichards de mes sanglots résonnent à mes oreilles, et mon cœur se vide comme une outre, comme si la douleur et la tendresse s'écoulaient par un trou, de plus en plus vite. Et soudain, l'indifférence prend toute sa place en moi, et avec elle revient l'immense dégoût froid que j'ai pour ce vieux paysan puant de crasse, avec ses dents toujours jaunes et son haleine fétide de chique. Et voilà mes larmes qui coulent de nouveau, elles sont grises et sales, elles coulent sur la terre brune de la route, pour moi, rien que pour moi, parce que je n'ai plus d'amour pour personne. Et quand l'autobus arrive, avec le halètement court du diesel et l'odeur âcre des pneus brûlés, mes yeux sont rouges et secs, comme de la brique.

Voilà donc la première pièce de mon puzzle. Je te l'envoie, avec affection.

Giovanni

P.-S. : Cela ne fait rien pour le Jeu militaire. Ce n'est pas si important. J'utiliserai comme base de mes recherches un jeu plus banal, comme la canasta ou les échecs.

*

Carnet de l'auteur :

Me suis rendu une fois de plus à la Bibliothèque nationale, afin d'y puiser de la documentation sur les alchimistes du XVIe siècle. En vain. Rien non plus sur le Jeu militaire, malgré la consultation d'un livre datant du début du siècle sur les cercles de jeux.

Découvert malgré tout qu'à Venise siégeait aux alentours de 1572 un Grand Tribunal de l'Inquisition, aux missions réduites. Mais je piétine sur ce mystérieux Scrochetti. Au point que je songe à demander à l'un de mes correspondants florentins de chercher qui il pourrait bien être. J'ai épuisé toutes les autres solutions et j'ai beau tourner dans tous les sens les phrases, les mots et les lettres, je n'arrive plus à rien.

Sur la transmutation du plomb en or, il ne faut guère nourrir d'espoir. Des histoires de niveau d'énergie, de numéro atomique, de stabilité ionique. Tous les scientifiques de mon entourage m'ont ricané au nez quand je leur ai parlé de pierre philosophale.

*

Le dérailleur d'Alfredo

(Chronique parue le…)

Alfredo était assis à la table de la cuisine, face à moi, un tournevis dans sa large main poilue, et observait, d'un œil professionnel, un assemblage de poulies d'acier poisseuses de graisse.

« Alors, c'est demain les *"cento"* ? », a demandé Suzanna à son frère, sans quitter du regard la poêle où doraient deux gousses d'ail et un piment de Cayenne hachés. Alfredo a commencé à démonter le dérailleur avec soin. Méthodique, il déposait chaque boulon à droite, chaque vis à gauche. Il a grogné : « *Domani, si.* »

Les « *cento* », c'était quatre fois le tour de la ville à vélo, en passant par les cantonales pleines de nid de poules, avec le sprint final sur l'*autostrade* vers Rome, qui n'a jamais été terminée parce qu'au bout de treize kilomètres, tous les crédits étaient déjà mangés.

« Demain matin ? » Suzanna a soulevé la casserole où cuisaient les *farfalle*, en a goûté une.

« Mmm… », a répondu Alfredo, soulevant dans le soleil le pignon central, l'auscultant sous toutes ses faces. Il a pris la burette métallique d'huile dégrippante, déposé une goutte luisante sur une des dents, et l'a répartie délicatement du doigt sur toutes les autres, en fronçant les sourcils.

Suzanna a vidé l'eau fumante dans la passoire, l'a secouée sèchement, et versé les *farfalle* dans la poêle. Elle a éteint le feu, ajouté deux cuillerées d'huile d'olive, une branche de thym, et mélangé énergiquement. Elle a servi le tout dans un grand saladier bleu, et l'a posé devant Alfredo.

« Tu vas manger tout ça ? », j'ai dit. Il a levé les yeux vers moi, l'air très concentré : « La veille des *"cento"*, il faut beaucoup manger, c'est comme ça qu'on tient l'effort. Mais le matin, un bol de café brûlant et *basta*. Et surtout, la nuit, pas de femme. »

Il a cligné des yeux en rigolant, a salé et ajouté de l'huile, machinalement. Au dernier instant, quand l'huile a giclé sur les *farfalle*, il a bien vu qu'il avait pris la dégrippante. Suzanna a éclaté de rire, mais lui a bombé le torse, et il a dit : « *Ma*… Si c'est bon pour le vélo, c'est bon pour Alfredo ! »

Giovanni d'Arezzo

*

Paris, le…

Cher monsieur Darezzo,

Je vous remercie infiniment de votre lettre. Je suis sincèrement flatté que vous ayez aimé « Le persil de la via San Pietro. » Ce sont de petites recettes, c'est vraiment un travail alimentaire, si j'ose dire, mais j'essaie de le faire le mieux possible, comme un bon ouvrier.

Croyez que je regrette de vous avoir blessé avec le ton peut-être trop aristocratique de ma lettre. Je ne voulais pas nier d'un trait cet autre Giovanni dont vous parlez. Je sais bien qu'il est plus vrai que le mien, celui-ci, qui vous apporte votre capuccino (ou votre chocolat ?) en souriant, qui essuie la table (de formica ?) d'un coup de chiffon, ou celui-là encore, sur son vieux vélo, qui donne un coup de pédale sous le portail en fer forgé de l'usine, ou cet autre, qui patiente un peu plus loin au feu rouge, avec ses yeux perdus dans le ciel bleu qu'il n'a pas vu de la journée.

Vous avez bien deviné : ce Giovanni d'Arezzo inventé dans ma lettre n'est pas moi, pas du tout. C'est à un autre que j'écrivais, pas au petit garçon de mon histoire qui aurait grandi. Mon Giovanni à moi n'est pas le cadet d'une riche famille florentine, sa maman travaille souvent le soir, et Suzanna lui rend service en le gardant chaque mardi. Je voulais simplement que Giovanni apparaisse au lecteur comme un petit garçon longtemps protégé de tout, et qui découvre la vie chez Suzanna.

Pourtant, vous avez raison, d'Arezzo est aristocratique, et vous m'avez contraint à me pencher sur les raisons de ce choix. J'ai repensé à la villa de votre rêve, aux bougainvilliers, à la citronnade. Peut-être ai-je associé sans y songer innocence et privilège, comme on prête des âmes pures aux petites pestes blondes en costume blanc. J'ai cru aussi qu'un tel nom m'aiderait à établir une certaine distance. Je ne suis pas sûr aujourd'hui d'avoir eu raison, mais il m'est difficile de revenir en arrière. Je traîne désormais la particule de d'Arezzo comme un héritage encombrant, dont je dois m'accommoder.

Il faut vous avouer que j'ai failli prendre pour pseudonyme Antonio Scrochetti. Ce nom vous dirait-il quelque chose ? L'homme a dû vivre à Venise aux alentours de 1572, puisque je suis en possession d'une édition de la *Vita nuova* de Dante, de 1543 précisément, lui ayant appartenu. Il y a inscrit d'étranges annotations en marge. Elles peuvent vous intéresser et je vous les recopie ci-après dans leur intégralité.

J'ai tenté de découvrir qui était ce Scrochetti, mais mes efforts sont restés vains. Je n'ose vous le demander, mais je me lance tout de même. Auriez-vous la gentillesse (et le temps) d'effectuer pour moi quelques recherches ?

Merci, une nouvelle fois, de vos remarques.

Je vous salue très respectueusement, et vous envoie par « avion », moi aussi, toute mon affection, à vous et à votre compagne Anna.

Giovanni d'Arezzo

*

Paris, le…

Cher Giovanni,

Je vous écris directement à l'adresse que vous m'avez donnée, au centre pénitentiaire. D'abord, j'aimerais que nous nous tutoyions, et bien que ce soit moi qui vous le demande, si vous le permettez, c'est tout de même aussi moi qui commence.

J'ai été très touché par ta lettre, vraiment. Par sa sincérité. Par sa pudeur aussi. Je crois que ce serait bien qu'en échange, je te raconte moi aussi un petit bout de ma vie. Ainsi, à chaque lettre, confidence après confidence, nous ferons connaissance, et deviendrons amis.

Ainsi, tu as encore près de toi la photographie de ta Francesca. La mémoire du papier, elle est terrible. Chez moi aussi, dans le tiroir d'une commode, se cache la photographie de Maria, la femme dont je parle dans ma lettre. Ce n'est pas moi qui l'avais prise, mais un de ses amants, une année ou deux avant notre rencontre. La photo est en noir et blanc, le film a le même grain que sa peau. Ses paupières sont closes, peut-être elle rêve, sensuelle, lèvres entrouvertes, dans les plis soyeux d'un drap de satin, la joue posée sur son bras replié. Longtemps, alors que nous passions nos nuits loin l'un de l'autre, j'ai regardé ce portrait où elle est si belle. Pourtant, je la sentais distante, figée, presque froide, elle était l'image d'une femme qui ne me connaissait pas encore. Je n'y retrouvais pas ce qu'elle m'avait dévoilé d'elle, ce qui était né en elle avec nous.

Un soir d'absence et de souffrance, j'ai décidé de ranger la photographie.

Puis, ma vie s'est transformée, Maria est venue vivre chez moi, et la photographie a continué de sommeiller dans la commode. Un jour, nous nous sommes quittés, et il ne m'est rien resté d'elle, à l'exception de ce tirage oublié qui jaunissait, et de quelques feuillets couverts d'une écriture serrée, que je ne relirai jamais, parce que j'ai honte de mes reniements et de mes serments trahis.

Quand j'ai reçu ta lettre, j'ai ressorti cette photographie de sa cachette, je l'ai posée devant moi, contre la lampe, pris mon papier à lettres. J'ai regardé Maria, j'ai songé qu'elle dormait pour jamais, figée, absurde, et belle pourtant dans ce rectangle de huit centimètres sur douze. Un sentiment s'insinuait en moi, doucereux, insidieux, un sentiment menteur, né du papier et du souvenir. Je l'ai senti grandir, envahir ma mémoire, c'était comme ces roses de sel qui cristallisent dans l'eau saturée de chlorure. C'était laid aussi, triste et sale, comme le sont certaines solitudes.

J'ai retourné la photographie, l'ai reconduite dans son tiroir, incapable de trouver le courage de la jeter. Et je suis revenu m'asseoir, pour poursuivre cette lettre, la gorge un peu nouée, les yeux un peu humides.

Si tu veux te souvenir de Francesca, garder dans ton cœur la mémoire intacte de Francesca, débarrasse-toi de sa photo.

Je ne suis pas écrivain, ni critique de cinéma, ou quoi que ce soit. J'écris tout simplement des recettes de pâtes avec une petite histoire à l'intérieur pour donner du goût. Je te joins d'ailleurs une photocopie de la première recette, celle des fusilli à la mozzarella, qui porte pour nom « Le parfum de la première leçon » et que tu n'as pas lue.

À la fin, comme tu vois, je signe : « Giovanni d'Arezzo. » Tu peux donc continuer à m'écrire au journal, sous ton nom…

Accepte mon amitié.

Giovanni d'Arezzo

*

Bologne, le…

Cher monsieur d'Arezzo,
même si ce n'est pas votre nom,

Je vous remercie de votre si aimable lettre. Je ne pensais pas que vous auriez le temps, ou l'envie, d'écrire au vieux professeur retraité que je suis. Je me permets de répondre aussitôt à votre lettre, parce que j'ai de bonnes nouvelles pour vous.

J'ai commencé quelques recherches sur Antonio Scrochetti. Cela ne me dérange pas du tout de faire cette petite enquête pour vous. J'ai un ami à Florence, un ancien collègue du lycée, Luca Eduardo, qui a réponse à presque tout sur cette période de la Renaissance italienne. Je lui ai téléphoné hier, il m'a dit qu'il s'en occupait, et ce matin déjà, il me rappelait, tout content de ses premiers résultats. Il faut dire qu'il est à la retraite, alors il a de la liberté, comme moi.

Luca et moi, quand nous étions jeunes, nous avons fait comme ce si joli film français, *Les 400 Coups*. Je me souviendrai toujours d'une blague que nous lui avions faite, mon frère et moi, pour ses trente ans : Luca était en plein cours sur l'Égypte ancienne, quand mon frère est entré dans la salle, débraillé comme un diable, l'air furieux. Moi, je regardais par la fenêtre du couloir. Il s'est jeté sur Luca, l'a secoué à en faire tomber ses lunettes, et, sans se soucier des élèves, il a hurlé : « Ordure, salaud, tu couches avec ma femme ! Si tu recommences, je te tue, tu entends, je te tue. » Et puis, il l'a relâché, il est sorti devant une classe atterrée, se retournant une dernière fois pour jeter : « Et un treize avril, en plus, Topolino ! » Il faut que je vous dise qu'on appelait Luca Topolino – Topolino, c'est Mickey chez vous, je crois – parce qu'il avait les oreilles décollées, elles le sont toujours évidemment. En plus, il avait une Fiat 500, qu'on appelait aussi Topolino. Luca restait ébahi, il a ramassé ses lunettes, et soudain, il s'est mis à rire, à rire, et il répétait, en essayant de convaincre ses élèves avec des gestes : « C'est parce que c'est mon anniversaire, vous comprenez, c'est mon anniversaire… » Ah, si vous aviez vu la scène !

Revenons à nos moutons, comme on dit chez vous. C'est dans *La Farce de maître Pathelin*, n'est-ce pas ? Je l'ai enseignée autrefois. Luca n'a pas retrouvé d'Antonio Scrochetti, mais, en revanche, il a découvert un autre Scrochetti, supérieur du monastère de San Giorgio Maggiore dans ces années-là. Son prénom est Girolamo. Luca m'a expliqué qu'il n'était pas connu comme théologien, ni même pour ses œuvres pieuses, mais uniquement parce qu'il a commandé au peintre Véronèse un tableau devenu célèbre, le banquet des *Noces de Cana*. On le confond souvent avec *Le Repas chez Lévi*, réalisé dix ans plus tard et qui se trouve encore à Venise, à l'Academia. Le banquet des *Noces de Cana*, lui, ornait le réfectoire du monastère, et la toile se trouve maintenant chez vous, au Louvre. Personnellement, je ne l'ai jamais vue. Bien sûr, il est difficile aujourd'hui de tisser un lien entre ce Girolamo Scrochetti et le vôtre, mais ce nom n'est guère courant, et Luca pense qu'il s'agit de deux membres de la même famille.

Sur la *Vita nuova*, enfin : c'est un livre merveilleux. Il y a un mystère autour du sens réel de ce titre. D'après Luca, cela signifierait « jeunesse ». Dante utilise cette expression dans un vers du chant XXX du Purgatoire, « *Questi fu tale nella sua vita nuova* », ce qui se comprend comme « voici ce qu'il était dans sa jeunesse ». Ici, on apprend la *Vita nuova* en classe, alors évidemment, pour les enfants, cela devient vite une succession de vers à apprendre, comme François Villon chez vous, sans doute. Moi qui l'ai lu plus tard, c'est la sincérité de ce texte qui m'a toujours ému.

La date d'édition, 1543, est aussi très intéressante. C'est vraiment une année unique dans l'histoire de la civilisation. Copernic faisait paraître *De Revolutionibus orbium cœlestium*, et l'homme cessait d'être le centre du monde. Et surtout, le chirurgien Vesale publiait son *De humani corporis fabrica*, le premier véritable ouvrage d'anatomie. Copernic enseignait justement à Bologne et à Padoue, trente-cinq ans avant Vesale lui-même.

D'ailleurs, regardez, si vous en avez l'occasion, les planches anatomiques de la *Fabrica*, surtout celles de la myologie. Le paysage dessiné derrière les écorchés est celui de la campagne padouane. Ces planches seraient l'œuvre du Titien ou, à tout le moins, de l'un de ses élèves. Pour beaucoup d'historiens de la Renaissance, tous ces ponts, ces thermes, ces clochers et même ces palais sont les indices d'une révolution culturelle : l'homme est enfin représenté maître de son destin. Il ne nie pas encore Dieu, bien sûr, mais il transforme la nature au lieu de plier devant elle.

Je quitte ici une fois de plus notre sujet, pardon, mais la mutation scientifique au XVIe siècle m'a toujours fasciné.

Je ne sais si cette information sur *Les Noces de Cana* vous sera d'une quelconque utilité. Luca m'a assuré qu'il continuera ses recherches. Je vous préviendrai s'il y a du nouveau.

Pardon pour cette trop longue lettre. Avec toute mon amitié.

Vôtre, Giovanni Darezzo

P.-S. : J'ai bien aimé votre histoire sur le dérailleur d'Alfredo. Anna confirme les indications de votre dernière recette, celle des *farfalle* au thym, et me prie de vous saluer ; elle m'a même demandé de vous embrasser…

*

Carnet de l'auteur :

Le banquet des *Noces de Cana*, pourquoi pas ? Quelques nouvelles phrases s'illumineraient avec une telle piste : « Dans le premier miracle est enfoui le Second. L'eau devient rouge comme le plomb devient jaune. » Quant à « L'image et le lieu du repas », c'est sans doute une allusion au banquet et au réfectoire du monastère. « Le secret de Parme se cache à Vérone. » Vérone égale Véronèse ?

Dans l'encyclopédie, rien sur Véronèse qui pourrait m'aider.

« Paolo Caliari (1528-1588), dit Véronèse, a été placé à dix ans chez Antonio Badile, à Vérone, pour y apprendre la peinture. Son père était tailleur de pierre, et comme lui, il a construit des modèles en terre. » Bien… Ah, le mot de Parme apparaît : « Proche de Mantoue et de Parme, Vérone était également proche des routes qui mènent à Venise. À Parme, peut-être, grâce aux dessins de Primatice, Véronèse entra en relation avec la peinture de Corrège et reçut de fortes impressions, surtout parce qu'elle correspondait à sa propre conception de la couleur… »

Et sur ce tableau, ce paragraphe, que je recopie ici : « La Cène et les repas symboliques du Christ compte parmi les thèmes que Véronèse affectionne, non pour des motifs religieux, mais parce que la foule bigarrée, le cadre grandiose lui autorisent des images éclatantes, riches de mille couleurs. Car ces tableaux sont avant tout des "prétextes pour la couleur", comme le reconnaît Paolo Caliari. »

Demain, j'irai au Louvre afin d'en savoir plus sur ces *Noces de Cana*. Je prendrai le prétexte d'un article pour prendre rendez-vous avec le conservateur. Je reste persuadé que des réponses doivent se trouver dans le tableau lui-même. Quant au reste, « Compte trois colonnes. Observe la coupe, l'arc et le pinceau. Pierre, Paul et Judas, où est la raison ? Qui a des yeux pour voir, qu'il voie », il doit bien exister des éléments de réponse ailleurs.

*

Paris, le …

Cher monsieur Darezzo,

Tout laisse à penser que vous avez raison de croire que cet Antonio Scrochetti est lié au supérieur de ce monastère dont vous parlez. Je vous remercie de votre aide, irremplaçable dans cette affaire.

Permettez-moi de vous mettre une nouvelle fois à contribution, vous et votre ami Luca Eduardo… Luca, justement, aurait-il quelques informations complémentaires sur le tableau des *Noces de Cana* ? Il semble effectivement que les annotations manuscrites présentes dans cette *Vita nuova* et dont vous avez la copie y fassent directement référence.

Avec mes amitiés.

Giovanni d'Arezzo

P.-S. : Désolé d'être aussi abrupt dans cette lettre, je vous écrirai plus longuement très bientôt.

*

Pénitencier central de Pise, le...
(lettre traduite de l'italien)

Cher monsieur d'Arezzo,

Votre lettre est arrivée ce matin. J'ai essayé de vous tutoyer, je n'y parviens pas. Mais je suis content que vous, vous me tutoyiez. Ce n'est pas grave, cette différence, c'est même bien comme cela, quand je vous connaîtrai mieux, peut-être, je serai plus à l'aise.

Je vous remercie pour la petite histoire de Suzanna et des fusilli à la mozzarella. Je l'ai lue, et j'ai pensé encore une fois en vous lisant à ce que vous dites sur le parfum des femmes. Ici, dans la prison, il y a un garçon dans une cellule de mon couloir, il porte un parfum plein de souvenirs, parce qu'une de mes petites amies, elle le portait. Enfin, je veux dire, c'est elle qui portait un parfum français d'homme, mais je ne le savais pas à l'époque. Je ne l'avais jamais respiré avant cette fille, et pour moi, ce parfum, c'est toujours elle. Je ne peux pas lutter contre la force de ma mémoire, et quand je suis à marcher en file indienne derrière lui, pendant la promenade, c'est presque comme si elle était là, à me tenir la main. Je me souviens, elle en mettait derrière les oreilles et dans le cou, et aussi parfois une goutte entre les seins.

Un jour, à la cantine, l'odeur était partout. Mes yeux se sont fermés tout seuls, je voulais oublier les murs et les grillages, et j'ai eu les larmes qui venaient, de nostalgie. Et pourtant, cette fille, ça m'est bien égal maintenant, j'ai même du mal à me rappeler son prénom, je crois que c'était Clara. Mais c'était un souvenir de fille, d'amour, et c'était plus fort que tout, ici d'ailleurs, le souvenir est plus fort que tout. Je ne sais pas dire les mots, pardonnez-moi.

Je vous ai mis dans l'enveloppe la photographie de Francesca. Vous avez raison, elle est dangereuse pour moi. Tout le temps, je la regarde et ce n'est pas bon. Mais je ne peux pas la déchirer. Alors, si vous la gardez, ce ne sera pas comme si je la jetais. Vous me la rendrez quand je serai libre. Je n'ai pas le temps de beaucoup écrire ce soir, parce que j'ai fait une partie de cartes avec les amis, et que c'est dans cinq minutes l'heure du couvre-feu[1] (j'ai trouvé le nom dans le dictionnaire, je le trouve joli, c'est presque comme pot-au-feu[2]).

Merci de m'avoir répondu. Je vous écrirai encore bientôt.

Giovanni

*

Carnet de l'auteur :

Que faire de toi, Francesca Piana ? J'ai ouvert la lettre de Giovanni le prisonnier, j'ai déplié la feuille de cahier d'écolier et ta photographie est tombée sur le parquet, côté pile. Une date était écrite à la main sur le dos – octobre d'il y a sept ans –, et j'ai retourné la photo. Tout de suite, j'ai su que c'était toi, pas seulement à cause du gilet rose.

J'ai lu la lettre de Giovanni en entier, puis j'ai relu la première, celle où il parle de lui et de toi. Mais mon regard revenait sans cesse sur ton visage, et il n'est pas

1 et 2. En français dans le texte.

parvenu à le quitter. Sur cette photographie aux couleurs passées, un peu sous-exposée, tu souris. Figée par celui qui t'a surprise, tu as un geste infime de recul. Il y a dans ta pupille une lueur de reproche, mais aussi d'amusement et de tendresse. Tes yeux noirs disent aussi que tu es gaie, intelligente, parfois fragile. Ton nez est fin, un peu busqué peut-être, on a envie d'y déposer un baiser, tes cheveux bouclés sont coupés court, ta bouche joliment dessinée. Sur ton front, au dessus d'un sourcil, tu as une légère cicatrice, un trait blanc et oblique, minuscule, qu'on pourrait prendre pour une ride de jeunesse.

Francesca, de quoi donc suis-je fait ? Je reste silencieux devant cette image de carton, je me perds dans ton regard immobile et j'entends mon cœur battre comme à un premier rendez-vous. Je tente de briser la magie, je me contrains à imaginer que ce cliché date de dix, vingt, cinquante ans, que tu es morte aujourd'hui, et je sens se nouer dans mon ventre cette boule dure et noire, dense comme du plomb, et je pense seulement : « Non, ce serait affreux, affreux. » J'ai peur de ce sentiment, de cette force au fond de moi qui me pousse vers toi, qui me mange de l'intérieur. Je sais que c'est absurde, j'ai voulu trouver un autre nom à cette émotion, d'autres mots pour le dire.

J'ai songé à la lettre que je pourrais t'écrire, aux phrases que je pourrais prononcer si nous nous rencontrions. J'ai rêvé l'heure, l'endroit, les jeux du hasard et des regards, mes premiers mots et ton premier sourire. Mais même ce rêve est devenu douloureux. Je veux une vie avec toi, Francesca, des milliers de vies. J'ai réalisé un double de ta photo, Francesca, et je crois que je vais forcer le destin.

*

LE BOUT DU NEZ DE KARIN

(Chronique parue le…)

Karin est entrée dans la cuisine, et les rouges éclatants des tomates se sont éteints, et avec eux les verts crus des feuilles de basilic, les bleus francs de la faïence et l'azur du carré de ciel. Il n'y a plus eu que la clarté des yeux de Karin, que la blondeur de ses cheveux, le rose de ses lèvres.

« Giovanni, je te présente Karin, elle vient du Danemark, tout au nord de l'Europe, et ne parle pas italien. »

La petite fille aux yeux clairs a souri, et j'ai fondu dans son regard comme un glaçon dans du lait chaud. Elle m'a tendu la main : « *Buongiorno, Giovanni* », j'ai bafouillé : « *Si, buongiorno* », et j'ai entendu le rire mélodieux de Suzanna, qui s'est agenouillée entre nous : « Et si vous m'aidiez gentiment à faire une sauce à la crème pour accompagner des *gnocchi* ? *Si* ? *Si* », a répondu Karin. Suzanna a posé une casserole sur la cuisinière, et expliqué tout doucement : « D'abord faire fondre du beurre, à petit feu… »

Karin a hoché la tête, attentive à tous ces mots étrangers, son visage épanoui comme une fleur. « Puis ajouter le cognac, le laisser évaporer. » Suzanna a pris le pot de crème dans le réfrigérateur et l'a tendu à Karin : « Et dix cuillerées de crème fraîche. Dix. »

Elle a ouvert grand ses mains, et la petite fille a acquiescé : « *Si. Ti.* » Et pendant que Karin officiait, Suzanna approuvait. « *Molto bene, signorina.* Maintenant, poivre, sel, et laisser épaissir… »

Karin a reposé la cuiller sur la table et j'y ai prélevé une pointe de crème. Soudain, ce fut comme si quelqu'un guidait mon doigt, et il est allé tout seul déposer cette perle onctueuse sur le bout du nez de Karin. Surprise, elle a écarquillé les yeux. Alors, elle a souri, et d'un mouvement aussi vif, elle a essuyé son nez sur ma joue, y déposant presque un baiser. Cette immense tendresse dans nos deux gestes, je la ressens toujours en moi. Et aujourd'hui encore, lorsque je rencontre une femme, il me semble savoir, rien qu'en regardant le bout de son nez, si je pourrai l'aimer.

Giovanni d'Arezzo

*

Paris, le …

Cher Giovanni, caro amico,

Merci de ta longue lettre, de cette pièce intime de ton « puzzle », de cette confiance que tu me témoignes et qui me touche tant.

J'ai remis voici quelques jours ma recette hebdomadaire au journal, et William, qui dirige la rubrique culinaire, m'a tendu trois lettres en se moquant de moi. Il y avait ta lettre, mais devine quoi aussi ? Les réponses de deux autres Giovanni d'Arezzo. Très gentilles, étonnantes. Je t'en parlerai un jour.

Je ne crois pas t'avoir dit jamais pourquoi j'avais choisi ce nom. En fait, je n'ai fait que reprendre la matière d'un très ancien mensonge. C'était il y a six, sept ans, j'avais été invité à Florence par un oncle éloigné. Et oui, ma mère est italienne, et j'ai vécu une partie de mon enfance tout près de chez toi... Mon oncle possédait un bel appartement dans le centre de la ville, mais j'avais insisté pour être logé dans une petite chambre mansardée qu'il avait conservée, dans le quartier de la gare, au dernier étage d'un immeuble délabré. Sans doute ressemblait-elle à celle d'où tu m'as écrit ta première lettre.

Bref, un après-midi – nous étions en mai –, je prenais mon *espresso* dans un de ces nombreux cafés d'étudiants qui bordent la place de l'Université, et un groupe d'étudiants est entré. Je ne sais comment je me suis trouvé mêlé à leur conversation, mais soudain, une jolie fille aux cheveux courts m'a demandé mon nom. J'ai souri, suis resté silencieux un instant, et j'ai dit, très vite : « Giovanni... Giovanni d'Arezzo. »

Giovanni, parce que c'était le prénom de mon oncle, et d'Arezzo, je n'ai jamais su.

Pourquoi j'ai menti ? Par amour, je crois, parce que tout de suite, je suis tombé amoureux. Et par honte aussi. J'ai pensé qu'une fille aussi belle ne pourrait jamais aimer le petit étudiant parisien que j'étais et que, sous un faux nom, je pourrais être un autre, plus digne d'intérêt. Ne va pas croire pourtant que je m'étais inventé un personnage d'aventurier, ou de héros romantique. Non, d'ailleurs, je parlais très peu de moi. Je crois même que si je lui avais dit la vérité, ç'aurait été pire, j'aurais voulu l'embellir, l'arranger. Alors que là, les silences de Giovanni d'Arezzo me paraissaient pleins de mystère, même à moi. Cela va te paraître étrange, mais durant ces quelques semaines où j'ai vécu sous mon faux nom, je crois que j'étais vraiment moi.

C'était une grande fille brune, aux yeux très noirs, qui portait souvent une longue jupe bleu marine, avec des volants, et un gilet rose pâle, aux boutons dorés. Au milieu du front, elle avait une minuscule cicatrice, pâle, presque translucide. Elle m'avait expliqué : « Elle date du jour de mes sept ans, de mon premier vélo. » Elle étudiait Shakespeare, je crois, ou Blake. Tu vois, mes souvenirs sont bariolés mais imprécis. Mais je me souviens qu'elle s'appelait Francesca, Francesca Piana, j'en suis même certain parce que je lui disais que je l'aimais *pianissimo*. C'est peut-être à elle que j'ai pensé en inventant ma Suzanna. Peut-être.

Un soir, elle a accepté de m'accompagner jusqu'au quartier de la gare, elle est montée à ma chambre, m'a laissé déboutonner son gilet de laine rose pâle, aux boutons dorés, sa jupe marine à volants. J'ai posé ma tête contre son ventre, et jamais je crois mon cœur n'avait battu aussi fort, ni mes mains tremblé autant. J'étais perdu dans ce parfum si troublant de lessive propre et de sueur d'adolescente, et, peut-être à cause d'un rayon de soleil sur mes paupières closes, l'univers tout entier était pourpre. Elle souriait, elle caressait mes cheveux, sa peau était douce, douce, je le sais maintenant, comme la peau de toutes les femmes. Mais chacun de nos gestes était magiques, ils tissaient autour de nous un palais de sucre et de cristal. Soudain, elle a pris mes mains dans les siennes, elle les a portées à ses lèvres, les a embrassées, et elle a dit à voix basse, sans me regarder : « Je t'aime, Giovanni, je t'aime. »

Une immense bouffée de chaleur est montée du fond de moi, comme une boule rouge de braise, j'ai voulu crier « Moi aussi, Francesca, je t'aime, je t'aime », mais tout de suite, il y a eu ce froid intense, ce vent glacé qui m'a craquelé comme une porcelaine, et j'ai eu l'impression de tomber en morceaux tout au fond de moi. Giovanni, Giovanni, tu comprends, ce prénom, ce n'était pas moi. Et moi, qui avais cessé de tricher depuis des heures, j'aurais pu tout avouer, tous mes mensonges, mais j'ai reculé devant mon propre désespoir et cet immense gâchis. J'ai bredouillé « Francesca, Francesca », je l'ai serrée contre moi avec tout mon amour, les larmes ont coulé sur mes joues, mes lèvres tremblaient, mais je n'ai pas osé lui dire combien je l'aimais. Je l'aurais dit avec des yeux de menteur, parce que ç'aurait été un mensonge de plus. Francesca, elle, a posé son regard sur moi, sur mon visage mouillé de pleurs, et j'ai murmuré : « Demain, Francesca, demain, je te dirai tout demain. »

Au petit matin, un bruit léger m'a éveillé. La chambre était encore pleine de douceur, je me suis penché vers elle dans la pénombre, j'ai voulu la bercer de mots, lui murmurer à l'oreille ce poème de Yeats, que j'avais appris par cœur :

Down by the salley gardens
my love and I did meet ;
She passed the salley gardens
with little snow-white feet,
She bid me take love easy,
as the leaves grow on the tree ;
But I, being young and foolish,
with her would not agree.

In a field by the river
my love and I did stand,
And on my leaning shoulder
she laid her snow-white hand.
She bid me take life easy,
as the grass grows on the weirs ;
But I was young and foolish,
and now am full of tears

En bas, dans les jardins de saule,
j'ai rencontré ma bien-aimée
Elle traversait les jardins de saule
de ses petits pieds blancs comme neige

Elle me dit : Prends l'amour comme il vient,
comme les feuilles poussent aux arbres ;
Mais j'étais jeune et fou,
je n'ai rien voulu entendre.

Dans un champ près de la rivière,
je me tenais avec ma bien-aimée
Et elle a posé sur mon épaule penchée
sa main blanche comme neige.
Elle me dit : Prend la vie comme elle vient,
comme pousse l'herbe sur les écluses ;
Mais j'étais jeune et fou,
et maintenant, je suis tout en pleurs.

J'ai entendu les pas légers dans l'escalier, et j'ai compris qu'elle était partie, en silence. Je me suis approché de la fenêtre pour l'apercevoir qui traversait la cour, pour imprimer en moi l'image de ce gilet rose s'échappant par le porche au milieu des pavés gris. Et alors, sur le rebord, j'ai vu qu'elle avait disposé les livres que j'avais empruntés à la bibliothèque. Avec les références inscrites sur les tranches, elle avait écrit : CIAO. Je n'oublierai jamais l'image de ces étiquettes bleues de papier adhésif, leur alignement approximatif sur le plâtre baigné de lumière.

Giovanni, si tu savais vers combien de femmes j'ai couru, croyant reconnaître Francesca. Si tu savais combien je l'ai cherchée, combien de cafés j'ai visités, errant au milieu des tables, l'air affairé et dégagé à la fois, prêt à feindre une surprise ravie si je l'y apercevais. Chacune de mes phrases étaient prêtes, empreintes d'un faux détachement. J'ai feuilleté des centaines d'annuaires, toujours en vain.

J'ai songé qu'elle avait pu noter mon adresse, et m'écrire une lettre, me fixer un rendez-vous. Mais sa lettre, Giovanni, comment voulais-tu qu'elle me parvienne ? Supposons qu'elle ait pris ses précautions, inscrit son adresse sur le dos de l'enveloppe. Voyant son courrier revenir, l'aurait-elle elle-même portée, glissée sous la porte de ma chambre ? Mais si elle n'avait pas porté d'adresse au dos ? Si elle avait cru que je ne voulais pas répondre, si elle avait douté de moi, de ma tendresse, de mon amour, si elle avait pensé que je m'étais joué d'elle ?

Et si elle avait dû quitter la ville précipitamment ? Si une douleur terrible avait tout envahi de sa vie, tout obscurci, au point qu'elle oublie notre histoire ? Si…

Je ne l'ai jamais revue. Et un soir, j'ai croisé un de ses camarades. Un long garçon maigre, que je n'avais jamais vu autrement que vêtu d'un gris ecclésiastique, strict et sévère comme un missel. Je le vomissais. Tout son corps suait d'hypocrisie puritaine, d'attention affectée, de désirs rentrés. Cet insecte portait en broche une petite croix d'argent et sur le visage ce masque de bonté détestable que procure la bonne conscience. Quand il te parlait, on avait l'impression qu'il donnait le sou aux pauvres. Il jouait avec moi, répondait avec lenteur, d'un ton traînant, avec une joie mauvaise.

Non, Francesca n'avait pas reparu à la faculté depuis plusieurs semaines. Oui, peut-être ne reviendrait-elle pas, elle avait passé ses examens avec succès. Comment la contacter, non, il ne savait pas. Oui, elle était de Florence, mais Florence est une si grande ville. Il a écarté les bras, souri avec tellement d'ironie, répété : « *tanta grande città...* », et j'ai eu envie de le frapper, pour le voir tourner sous la gifle comme l'ignoble corbeau qu'il était. Mais ce rat de bénitier devait aimer les coups et ç'aurait été pour lui une victoire de plus.

Voilà donc la véridique histoire de Giovanni d'Arezzo, du faux Giovanni d'Arezzo et de la terriblement vraie Francesca Piana. Quels mystérieux chemins prend la vie... C'est aussi une pièce centrale de mon puzzle, gris et rosé, noir et rouge.

Si je t'en parle ce soir (je vois de ma fenêtre le soleil se coucher sur Paris), c'est que j'ai songé à te demander l'impossible. Accepterais-tu de rechercher Francesca ? Et, si tu la retrouvais, de tout me raconter de sa vie, de ce qu'elle en a fait. Je te joins l'unique photographie que j'ai d'elle. Si le miracle s'accomplissait, ne lui dis rien de moi. Cache-lui ton nom. Il pourrait bien l'étonner, si elle se souvenait encore de nous. Tu devras t'inventer, toi aussi, un pseudonyme...

C'est une bien étrange demande, je le sais. Mais j'ai reconnu dans nos lettres la naissance d'une amitié, et je devine qu'une telle enquête t'amusera.

Je t'embrasse fraternellement.

Ton Giovanni

*

Carnet de l'auteur :

Francesca, ta photo est toujours avec moi. J'ai voulu m'assouvir de tendresse, épuiser la douceur de ton regard. C'était tenter de pétrifier la vie elle-même. Les heures passent et tu t'installes en moi, comme une vague de marée qui remonte le fleuve, salée comme un flot de larmes. Je suis jeune, Francesca, neuf et propre comme un regard de gosse.

Tu es si belle, Francesca, il suffit de t'aimer pour devenir beau.

*

Le..., Bologne.

Cher monsieur d'Arezzo,

Vous voyez, je m'habitue à votre particule... Cette lettre suit de peu la précédente, car j'ai pour vous une nouvelle d'intérêt. Le frère de Girolamo Scrochetti s'appelait bien Antonio, et pour la petite histoire, l'année inscrite sur votre livre qui fut sans doute le sien est aussi celle de son décès. Luca a effectué les recherches dans les archives du monastère, fort bien tenues. Les moines, il est vrai, n'ont que cela à faire. Aujourd'hui, Antonio est enterré non loin de la tombe de son frère, dans un petit cimetière près de Parme, à Casalmaggiore.

Ainsi donc, cher ami, il semble que la cuisine vous poursuive, puisque vous avez entre les mains un livre ayant appartenu au frère du commanditaire d'une peinture de repas, accrochée de plus dans un réfectoire. Avouons qu'en Italie, entre Parmigianino (vous dites Parmesan) et Carpaccio, les amateurs de bonne chère ont souvent de quoi manger dans les musées.

J'ai aussi demandé à Luca ce qu'il savait de ce tableau du monastère de San Giorgio Maggiore. Selon lui, c'est une œuvre très intéressante : au premier plan, Véronèse aurait représenté un concertino qui comprend, outre lui-même en joueur de viole, quatre autres peintres de l'époque : Tintoretto, qui joue aussi de la viole, Titien, Bassano, et un élève de Titien, Giovanni Contari. À côté des apôtres, on trouve aussi le marquis del Vasto, Charles Quint, François Ier, Marie d'Angleterre, Soliman Ier, et Éléonore de Habsbourg, bref, tous les grands de l'époque, on dit le « gratin » chez vous ? Des fantaisies d'artiste, vous voyez. Toujours selon Luca, ce tableau a valu bien des ennuis à Véronèse. Il a été convoqué devant le grand tribunal de l'Inquisition de Venise. L'Inquisition, ce n'étaient pas des plaisantins, en ce temps-là. Trente ans plus tard, rappelez-vous, leurs collègues de Rome condamnaient Giordano Bruno au bûcher.

Ne vous inquiétez pas pour Véronèse, il s'en est bien débrouillé. Il a seulement répondu, je vous cite sa phrase que j'ai notée sur un papier : « Nous autres peintres prenons les mêmes libertés que les poètes et les fous. On m'a demandé de décorer le tableau à ma convenance. Il est grand et il peut contenir de nombreux personnages… »

Désirez-vous plus d'informations encore ? Luca se passionne vraiment pour cette affaire, et je suis persuadé qu'il accepterait de vous aider plus encore. Pour lui comme pour moi, ces recherches sont l'occasion de nous revoir, alors que nous nous étions perdus de vue.

Je vous envoie mes amitiés.

Giovanni Darezzo

*

Florence, le…

Caro Giovanni,

Merci de ta longue lettre, et merci de cette si jolie marque de confiance. Bien sûr que je vais la chercher, ta Francesca, et que le ciel m'en soit témoin, je te la trouverai. Sais-tu qu'elle est *bellissima*, ton histoire d'amour, aussi belle que la jeune fille de la photographie.

En lisant tes deux dernières recettes, celle d'Alfredo, celle de Karin, j'ai pensé : peut-être, c'est plus facile d'être une femme qu'un homme. Regarde-le, ton Alfredo, avec ses mains comme des battoirs, ces poils qui jaillissent en touffes noires de son tricot de corps, a-t-il jamais eu le choix de ses mots, de ses gestes ? *Poverino*, il a mis l'huile dégrippante sur sa *pasta*, alors bien sûr, il se moque de lui-même, de son image truquée, mais il passera tout de même toute sa vie dans la peau d'un autre.

Tu vois, chez nous, en Italie, si tu n'as que des filles, ta famille, elle s'éteint, elle disparaît. Alors, le garçon, c'est un peu l'éternité, et l'éternité, c'est la plus grande des illusions, quelque chose qui n'existe pas, mais qui donne du sens à tout. Parce que pour posséder vraiment quelque chose, il faut l'avoir pour toujours. Sinon, que tu l'aies à toi pour une heure, une seconde ou même cent ans, c'est pareil, c'est comme rien. D'ailleurs, c'est pour ça qu'on a inventé Dieu.

Alors, nous les hommes, nous croyons posséder ce monde. C'est comme si la mort n'était pas dans notre chair, comme si elle ne hantait pas nos nuits. Ce n'est pas que nous ayons l'espoir, non, mais nous n'avons pas le désespoir. Mais les femmes, Giovanni… Elles le savent, qu'elles vont mourir demain, elles enterrent ce deuil immense au fond d'elles-mêmes, elles n'ont pas le temps, même une minute, d'être une autre.

Je vais te conter une nouvelle histoire, parce que tu mérites une deuxième pièce de puzzle. Nous sommes un soir d'hiver, voici quelques années. Le matin même, j'ai enterré mon frère, dans un petit village près de Bergame. Peut-être, c'est à cause de ton Alfredo que je repense à Ernesto, parce qu'il lui ressemblait, lui aussi faisait du vélo.

Au cimetière, il pleuvait une bruine qui transperçait les os. Le curé bredouillait des sottises au milieu des roses et des œillets blancs, c'est le pire souvenir de ma vie. Ma mère tremblait à force de sangloter, mon père devait la soutenir pour qu'elle ne tombe pas, et quand les employés ont laissé s'enfoncer dans le trou le cercueil en chêne, elle s'est évanouie. Après la cérémonie, je les ai raccompagnés à Brescia, où ils habitent. Mon père a fait prendre des sédatifs à ma mère, nous l'avons couchée, et il n'a pas voulu que je reste. Mais au dernier instant, sur le seuil, il m'a agrippé dans ses bras, avec une force terrible, et je suis parti avant de me mettre moi aussi à pleurer.

J'ai roulé, roulé, tout l'après-midi, à tenter d'épuiser la douleur, au rythme des essuie-glaces et dans le grondement régulier du moteur. La route s'arrêtait à Venise, j'ai pris le *vaporetto*, j'ai erré dans la ville, pendant des heures. J'ai eu froid, j'ai marché vers ce Caffè Florian où je ne suis pas allé depuis longtemps.

C'est ici que commence l'histoire. Devant moi, la tasse de café est vide, mon regard se perd dans le marc humide qui s'assèche, on dirait un étang d'argile qui meurt dans le désert. Les mots de réconfort du prêtre me reviennent, absurdes, je frissonne de terreur comme j'avais déjà frissonné dans l'église de campagne, je crois que je comprends à ce moment que jamais plus je ne verrai Ernesto. Mon frère Ernesto.

Lorsque je relève les yeux, une femme me fixe derrière la vitre. C'est une dame d'une cinquantaine d'année, charmante, aux yeux vifs et clairs. Elle porte de petites lunettes rondes et dorées, des cheveux bruns filés d'argent. Elle sourit, agite ses doigts en signe d'amitié, désigne avec insistance le fauteuil de velours à côté de moi.

Je n'ai pas la mémoire des visages, j'ai une seconde d'hésitation, et avant que j'aie pu faire le moindre geste, elle se dirige vers l'entrée, pousse la porte. Elle commande un *espresso* à un garçon, elle vient vers moi, s'assied, toujours souriante : « Ça alors, si je m'attendais… » Elle secoue la tête, elle répète : « Si je m'attendais… », pose son chapeau, retire son manteau. « *Come va ?* » Je n'ai pas envie de parler, seulement d'être seul, mais je secoue la tête, pourtant : « Je suis désolé, je ne suis pas tout à fait certain de vous reconnaître, je suis un peu perdu… » J'ai peur d'être impoli, mais les mots s'échappent de ma bouche et j'ajoute, comme si je voulais expulser ce fardeau : « Je viens de perdre mon frère. » Son sourire s'efface, elle pose sa main pleine de bagues sur mon bras, le presse avec force, elle souffle : « Mon Dieu… » Nous restons tous deux silencieux, elle me regarde intensément, je sens la tension dans ses yeux qui brillent, sa main qui tremble. Puis elle m'interroge, sa voix est émue : « Comment est-ce arrivé ? Il était si jeune, je ne le savais pas malade… »

Mes yeux reviennent sur la place Saint-Marc, le ciel est de métal et les pavés luisent et tremblent comme des gouttes de mercure. Je dis, presque à voix basse : « Un accident de moto. » Elle semble vouloir relâcher mon bras, je lis l'étonnement sur son visage, je songe qu'il n'avait pas de moto, je précise : « Il était passager. » Le silence, de nouveau. Et de nouveau, elle murmure, comme pour elle-même : « Mon Dieu. » Elle pose son regard vers moi, ses yeux brillent, et elle dit : « Je suis désolée de vous avoir dérangé… Je… Je ne savais pas… » Elle presse de nouveau mon bras : « Je… Pardonnez-moi, pardonnez… Vous devez vouloir rester seul… »

L'émotion brise sa voix, elle fait un geste vers son manteau, son chapeau, elle va partir, se lever. Je la retiens, je dis : « S'il vous plaît, madame, je suis trop troublé aujourd'hui. Voulez-vous bien me rappeler où nous nous sommes rencontrés ? » Elle a un sourire triste, elle baisse les yeux, puis les relève, leur couleur est plus grise que bleue. Elle secoue la tête, elle dit : « Jamais, nous ne nous sommes jamais rencontrés. Je vous ai confondu avec un ami… je veux dire… le neveu d'un ami. Tout à l'heure, quand vous vous êtes tourné pour regarder la place, je vous ai vu sous un profil différent. J'ai compris que je m'étais trompée. » Je vois le tremblement de son menton, l'eau qui perle sous ses paupières, et, quand le garçon dépose le café devant elle, les larmes jaillissent de ses yeux, elle secoue la tête : « Pardonnez-moi, c'est affreux, je ne peux même pas vous aider… » Elle sort de son sac un mouchoir, essuie ses joues : « Je m'en vais… »

« Restez… » Cela m'est venu sans réfléchir, peut-être parce que je me sentais coupable de sa tristesse, peut-être aussi parce qu'elle avait chassé la mienne. J'étais en paix, maintenant, la douleur était plus sourde, mon cœur était brûlant et sec, comme les yeux lorsqu'ils ont beaucoup pleuré. J'ai répété : « Restez, s'il vous plaît… » et la dame s'est assise, de nouveau. Nous n'avons pas parlé tout de suite, je lui ai demandé si elle voulait un autre café, elle a dit : « Un chocolat ? » Elle a souri, et j'ai aussi souri, parce que cette petite précision nous ramenait à la vie, celle où chaque chose a son goût et son odeur, et qu'elle avait chassé les idées noires, qui n'ont même pas de couleur.

Le hasard, ce jour-là, m'a donné une amie, et il me semble, chaque fois que nous nous voyons, que la précieuse amitié qui nous lie date de bien avant cette méprise du Caffè Florian.

Je te salue, Giovanni, et je n'oublie pas ta requête.

Giovanni

*

Carnet de l'auteur :

Laure, la porte vient de se refermer sur ta fuite, le tapis assourdit le son de tes pas, je tends l'oreille pour garder en moi ce petit peu de toi.

Je ne sais plus rien de mes sentiments, Laure, je ne sais plus que te serrer dans mes bras et demander pardon. Toi, tu me repousses, tu prends ta tête dans tes mains, tu cries presque : « Pourquoi tu fais ça avec moi, pourquoi tu fais ça ? », et je reste pantelant, les yeux à chercher ton regard qui s'échappe. Tu pleures, et chacune de tes larmes vient lever en moi une immense tendresse.

Tu es partie, et j'ai reposé devant moi le double de la photographie de Francesca. À cause d'elle j'ai douté, et tu as senti dans mes gestes ce trouble, cette trahison, sans que j'en dise un mot. Je la regarde, cette image, et l'indifférence me gagne, avec autant de réalité qu'avait pu le faire autrefois la passion. D'où te viennent tes certitudes, alors qu'en moi tout s'agite toujours et tout change, d'heure en heure ?

Je suis perdu, Laure, ballotté comme un naufragé. Je t'aime, c'est comme un courant invisible sous l'écume, et, quand au cœur de la tempête, la bourrasque tombe, il n'y a plus que lui en moi. Apprends-moi à distinguer l'amour de mon désir d'amour. Une fois de plus, je tenterai de revenir dans ta vie, par la petite porte, d'effacer les images sales que j'ai inscrites en toi et qui peu à peu nous détruisent.

En pensant à toi, aux émotions d'enfant que tu fais naître en moi, j'ai écrit la dernière recette, les *gnocchi* aux épices. Je te la recopie ici :

*

LES PETITS SEINS D'ADRIANNA

Suzanna m'a demandé de dénoyauter une vingtaine d'olives noires, et je me suis assis sur le rebord du balcon. Suzanna a jeté dans la poêle deux gousses d'ail et un oignon émincés, et, quand les olives ont été prêtes, m'a confié quatre piments de Cayenne à écraser. L'eau bouillait dans la casserole, et elle y a vidé un bocal de *gnocchi* :

« Tiens, Giovanni, tu aimes les *gnocchi* aux épices ? »

Les verres dépolis de la fenêtre du second ont renvoyé un éclat de lumière, et j'ai tourné la tête vers cet éclair, sans cesser de piler les piments. L'huile a grésillé quand Suzanna y a lancé les filets d'anchois, les tomates écrasées et les olives. La fenêtre entrouverte donnait sur une salle de bains, et un instant, le miroir de l'armoire de toilette a renvoyé le reflet d'une jambe de femme, qui s'est déplacée de quelques centimètres dans le carré de la glace. Alors, une serviette blanche est venue cacher le genou, et l'apparition s'est approchée du miroir, révélant une poitrine et un visage de toute jeune fille.

Mon cœur s'est serré comme une éponge, et j'ai cessé de respirer. L'adolescente lissait soigneusement ses longs cheveux, et alors qu'elle se courbait pour mieux les sécher, son regard a croisé le mien. J'ai sursauté, mais je ne suis pas parvenu à détourner les yeux, et je suis resté figé, pris en faute et fasciné. La jeune fille, elle aussi, est restée immobile, et un sourire est monté à ses lèvres, mi-amusé mi-complice. Soudain, la voix de Suzanna a chuchoté à mon oreille : « Alors, Giovanni, *è bella, Adrianna ?* » La jeune fille, comme si elle l'avait entendue, a refermé la fenêtre, avec un dernier regard rieur. Suzanna m'a repris la purée de piments des mains, l'a jetée dans la poêle, parfumé d'origan, couvert le tout, et m'a tendu une cuiller de bois : « Mélange avec les *gnocchi*, ajoute du parmesan, et c'est prêt. »

Elle ne s'est plus jamais moquée, même lorsqu'elle me voyait me pencher au balcon, dans l'espoir de revoir, rien qu'une fois, les petits seins d'Adrianna.

Giovanni d'Arezzo

*

Carnet de l'auteur :

Le ..., suite.

Oublié de noter notre visite au Louvre, peu avant ma dispute avec Laure. *Les Noces de Cana* y sont en restauration. La toile est immense, dix mètres de large sur sept de haut. Le repas du Christ se déroule à l'avant d'une terrasse, entre deux temples romains aux hautes colonnes. Autour de Jésus, les douze apôtres, et autour encore, une dizaine de convives, attablés, plus riches à en juger par les dorures de leurs vêtements. Devant eux, des saltimbanques, des musiciens, et derrière, une autre foule, bigarrée et mouvante. À l'arrière, un clocher, quelques édifices.

Nous avons rencontré le responsable du chantier, un garçon replet, la trentaine dégarnie, un regard vif comme celui d'un jeune chiot, volubile, sympathique :

« Vous savez, ce banquet de Cana est d'une très étrange composition. Regardez ici, à droite des apôtres, assis tout au bout de cette grande table, ce groupe d'individus. Tout le monde pense qu'il s'agit des commanditaires du tableau, les moines du monastère San Giorgio. »

Il nous a entraînés derrière le tableau, a franchi un amoncellement de cordes, et posé son doigt sur la toile : « Et là, ce carré de tissu rapporté et cousu correspond à la nouvelle tête d'un des religieux assis à table. Le carré a été marouflé sur la toile, sans doute peu après l'achèvement du tableau. Peut-être, c'est un accident. Mais je pense plutôt qu'un portrait a été remplacé par un autre. Il pourrait d'ailleurs s'agir de celui de votre Girolamo Scrochetti. Non loin de lui, l'homme tourné vers le Christ est, paraît-il, le frère de Véronèse, Benedetto Caliari. Lisez donc le livre de Zanetti sur la peinture vénitienne, publié à la fin du XVIe siècle, qui fait encore autorité sur cette question. »

Quand je lui ai parlé du « roi à la Toison d'or », « à la droite du Roi des Rois », le restaurateur n'a pas hésité : « Aucun doute, il s'agit de Charles Quint, l'homme en velours rouge, qui porte le collier de la Toison d'or. Tout correspond, il est bien assis tout à la gauche du tableau, donc à la droite de Jésus. Pourtant, tout le monde pense aujourd'hui qu'il serait plutôt Antoine Doria, le duc d'Urbino ou encore Marc-Antoine Colonna, c'est-à-dire un des membres de l'Ordre de la Toison d'or en 1562. »

Puis, nous sommes allés prendre un café, place du Palais-Royal. Jean – c'est son prénom, je suis poursuivi par les Giovanni – nous a parlé lui aussi de Parmesan, et j'ai repensé à la phrase du vieux Darezzo. J'ai évoqué certaines notes de Scrochetti : « Le secret de Parme se cache à Vérone. » Il a souri. « Oui, il n'est pas impossible que Véronèse ait rencontré Parmesan. Après tout, Parmesan est mort à trente-sept ans, quand Véronèse en a douze et étudie déjà. Ils auraient pu se rencontrer deux ou trois ans auparavant, vers 1540. Un type extraordinaire, ce Parmesan, il a accompli un immense travail sur la lumière, sur les lampes, les éclairs. Il a toujours été à la recherche de la perfection, c'en était maladif. »

Il a ajouté, éveillant chez moi un intérêt certain : « Il était alchimiste, vous savez, et cela lui a même valu beaucoup d'ennuis. Et puis, vous en ferez ce que vous voudrez, mais Véronèse commence *Les Noces de Cana* quand il a trente-trois ans. Secundo, sa rencontre avec Parmesan aurait pu se dérouler quand ce dernier avait lui aussi trente-trois ans. Tertio, trente-trois, c'est un nombre sacré depuis les Babyloniens, c'est l'âge du Christ au moment de sa mort, donc sur le tableau. » Il s'est interrompu, a pouffé de rire : « C'est aussi le mien dans trois jours. Venez lundi matin, il y aura du champagne. » Laure a souri, elle a promis que nous viendrions.

De retour chez moi, j'ai cherché plus d'informations sur Parmesan. Francesco Mazzola, dit Parmigianino (1503-1540). Je n'ai rien trouvé de plus, sinon qu'il est mort en exil à Casalmaggiore, à dix kilomètres au nord de Parme, et que c'est justement là qu'est enterré Girolamo Scrochetti et son frère Antonio.

*

Paris, le…

Cher Giovanni,

Je suis désolé d'avoir pris si longtemps pour répondre. J'imagine qu'en prison, le temps ne s'écoule pas bien vite, et que tu as attendu ma réponse avec impatience.

J'ai bien reçu ta lettre, avec la photographie de Francesca. J'ai été si ému d'une telle confiance qu'il m'a fallu quelques jours pour savoir quoi t'écrire. Je sais que je ne devrais pas te poser cette question, mais pourquoi as-tu gardé cette photographie ? Espères-tu, un jour, la retrouver ? Possèdes-tu quelques indices pour suivre sa piste ? Si tu veux, je peux tenter, de mon côté, de lancer quelques recherches. J'ai quelques amis à Florence qui pourraient s'en charger.

Pourtant, je veux te mettre en garde. Je ne sais quand tu sortiras de prison, mais même si c'était demain, je crois que tu devrais oublier cette fille, recommencer ta vie, ne pas songer au passé. Pardonne-moi si je suis brutal. Je crois qu'il est temps que je te conte une histoire, moi aussi.

J'avais dix-huit ans à peine, j'étais parti en vacances à Lisbonne. C'était l'époque où les fusils portaient des œillets, j'étais allé voir comment s'effondre une dictature. Je m'étais installé dans une *pensão* de la *rua das* Janelas Verdes, dans le vieux quartier de Madragoa, près du port. La jeune fille de la réception, enfin celle qui faisait le service du matin, s'appelait Isabel. Son père, un vieil opposant à Salazar, venait d'être libéré de prison. Je la suivais dans tous les meetings du Parti socialiste, nous nous tenions la main pendant les discours. Elle me traduisait chaque phrase, elle rougissait d'enthousiasme, et quand tous chantaient *L'Internazionale*, elle m'embrassait. J'étais amoureux d'elle, du fado et de la révolution, elle pleurait de tendresse quand nous faisions l'amour, j'avais l'impression de faire l'Histoire.

À la fin du mois d'août, j'ai dû rentrer à Paris. Isabel et moi nous étions promis de nous écrire, souvent. Au début, ce fut presque tous les jours, puis toutes les semaines, mais un jour de janvier, j'ai cessé de répondre à ses lettres. Et en avril, j'ai de nouveau écrit à Isabel, la suppliant de me pardonner. L'enveloppe m'est revenue, Isabel avait déménagé.

En juillet, je suis retourné à Lisbonne. Il faisait toujours aussi beau, même si les fleurs de la révolution commençaient à se faner. J'ai cherché Isabel, deux jours, et enfin, grâce à un ami commun croisé par hasard sur le Rossio, j'ai découvert sa nouvelle adresse, au milieu de la ligne du tramway 24. Cela m'a fait sourire parce que c'était la ligne qu'Isabel et moi prenions pour aller à notre quartier général du Café Brazileira.

Je suis parvenu en bas d'un vieil immeuble, typique de cet ancien quartier de Lisbonne, décoré d'azulejos. Elle habitait au troisième étage, j'ai reconnu, accroché au balconnet, son bac de bougainvilliers roses, et elle avait laissé la fenêtre ouverte. Les planches de l'escalier étaient sales et usées, un peu sans doute comme celui qui menait à ta chambre, dans le quartier de la gare. Arrivé à son palier, j'ai hésité. Sur la porte bleue, il y avait inscrit son nom, de son écriture, mais ça ne voulait rien dire. C'était une sottise d'être venu, peut-être elle était avec un autre, peut-être même allait-elle être triste, m'en vouloir de réveiller des souvenirs. J'entendais du bruit, celui de la radio, pas de sons de voix, alors j'ai frappé. Pas assez fort la première fois, alors j'ai recommencé. Il y a eu des bruits de pas, le cliquetis d'une clef dans la serrure, et la porte a grincé.

C'était bien Isabel, elle était jolie, drapée à la hâte dans un peignoir de coton, une mèche brune était collée sur son front en sueur. Elle m'a dévisagé un instant, sans me reconnaître vraiment dans la pénombre, puis j'ai cru qu'elle allait éclater de rire. Elle a seulement pouffé, elle a dit, dans un français qu'elle ne retrouvait plus : « Écoute, je ne peux pas.... Tu ne peux pas entrer, tu m'attends à la *pousada*, en bas, j'en ai pour un instant. » Derrière elle, il y eu un mouvement dans la lumière et le visage d'un homme s'est découpé derrière le chambranle d'une porte. À la manière dont il se penchait, j'ai deviné qu'il était nu. Il m'a souri, j'ai souri moi aussi, un peu sottement, et j'ai hoché la tête, répété : « D'accord. En bas. À tout de suite. »

J'ai redescendu l'escalier, lentement, j'ai entendu le claquement de la porte, et je suis sorti dans la rue, où les odeurs des épices m'ont paru trop fortes. La tête me tournait, le sang battait à mes tempes. J'ai levé les yeux : on avait refermé la fenêtre. J'ai attendu dans la *pousada*, dix minutes peut-être, j'ai bu un café amer et je suis parti. Au bout de la rue, je me suis retourné, j'ai attendu cinq autres minutes, peut-être plus, à guetter. Si elle était sortie de la maison bleue, j'aurais couru vers la *pousada*, j'aurais expliqué que j'étais allé faire une course, demandé : « Tu ne m'as pas attendu trop longtemps ? » Mais elle n'est pas sortie. À quoi bon te dire tout ce que j'ai imaginé, c'est fou tout ce qui te traverse l'esprit dans ces cas-là. Je suis rentré quelques jours plus tard à Paris, sans tenter de la revoir. Elle ne m'a jamais écrit non plus, et j'ai toujours le goût de ce café dans la bouche.

Tu devines pourquoi je te raconte cette histoire. Je sais qu'elle peut te faire souffrir. Mais c'est le privilège des vrais amis que d'ouvrir leur cœur, quitte à parler parfois avec cruauté.

Avec toute mon amitié.

Giovanni d'Arezzo

*

Mantoue, le…

Caro Giovanni,

Admire ma diligence : tu me confies une tâche, et voilà, aussitôt je m'en acquitte. Je suis allé tout droit à l'université de lettres modernes de Florence consulter les registres pour y retrouver ta Francesca. L'enfance de l'art. *Molto bene*, je ne te ferai pas languir.

Francesca Piana, née le 12 septembre 1965, à Florence, diplômée d'études supérieures de troisième cycle de littérature anglaise en juin 1988. Mention très bien, bravo. Et voici même le titre de son mémoire de fin d'études : « Portraits et destins de femmes dans trois pièces de Shakespeare : *Hamlet, prince du Danemark*, *Peines d'amour perdues*, *Roméo et Juliette.* »

Voici pour les premiers éléments d'enquête. J'ai alors fait preuve d'imagination : j'ai inventé un curriculum vitæ de Mlle Piana, une adresse, et, hop ! renversé de l'encre noire aux bons endroits. Et le lendemain, je te l'avoue, je me suis beaucoup amusé : j'ai revêtu un vieux costume anthracite, très strict, teint mes cheveux en blanc, et je me suis même collé une petite moustache grise. Ainsi accoutré en très plausible directeur de collège catholique, je me suis présenté au secrétariat, la mine contrite, j'ai expliqué que je cherchais une enseignante en anglais et que j'avais maladroitement souillé ce document. La dame derrière le guichet s'est trouvée si navrée pour cette pauvre Mlle Piana qu'elle a remué ciel et terre pour retrouver sa trace. Et justement, voici moins d'un an, ta Francesca avait demandé à l'administration un duplicata de diplôme…

C'est ainsi, toujours déguisé (même si j'avais retiré la moustache qui me tenait vraiment trop chaud), que j'ai fait la route jusqu'à Modène. Francesca y enseignait l'anglais, l'année dernière encore, dans un institut de formation pour secrétaires trilingues. Je me suis perdu dans la ville, je suis arrivé à deux heures et demi devant l'institut, les cours venaient de débuter, les étudiants étaient rentrés. Alors, j'ai pris un capuccino dans une petite auberge, à deux pas de là.

En ce moment, je suis assis à une table ronde, la terrasse vitrée donne sur la grille en fer forgé de l'institut. Le moment de la rencontrer est tellement proche, maintenant, je suis tellement ému, que si elle entrait maintenant dans ce café, tout de suite, je ne saurais quoi dire. Je pose à côté de moi son portrait, je sors mon papier à lettres de mon sac, et je commence cette page que tu tiens entre les mains. Nous voici parvenus exactement à l'instant où je t'écris : « Nous voici parvenus exactement à l'instant où je t'écris. » Voilà bien une phrase de l'ex-logicien que je suis.

À partir d'ici, nous entrons dans le vrai présent, et je te raconte les événements au fur et à mesure qu'ils adviennent, ce qui devrait encore renforcer le suspense. Une lettre, vois-tu, c'est toujours comme ces films noirs américains, qui commencent par une voix off : « L'affaire a débuté un soir d'octobre 1953. Il pleuvait des seaux d'eau glacée et ma vieille Studbaker refusait de démarrer. » Pourquoi craindre pour le héros, puisqu'il est là pour dérouler le fil de l'histoire ? Quoiqu'il me revient un film où c'est le cadavre du narrateur qui parle en off...

Certes, si tu tiens cette lettre entre tes mains, tu pourrais croire que je l'ai postée et qu'il ne m'est rien arrivé de fâcheux. Tu as raison, à moins que, comme je le fais justement en ce moment, je ne sorte une enveloppe, n'y inscrive ton adresse et le timbre. Je pourrais mourir sur-le-champ, le patron pourrait décider malgré tout de poster ma dernière lettre. À partir de cet instant, disais-je, tout peut arriver.

Je te décris le lieu, afin que les objets et les odeurs prennent corps. La pièce semble un carré parfait, une des arêtes en est occupée par le bar, une longue et large planche de chêne. Elle est scellée sur un muret de brique, et des années de service ont creusé le bois ciré. En face, deux simples portes de verre et d'aluminium anodisé. À droite, le mur est couvert d'affiches de cinéma des années 1970. À gauche, la terrasse d'où je t'écris avance d'un demi-mètre sur le trottoir. Une douzaine de tables de formica noir complètent le tableau.

Derrière moi, deux adolescentes discutent bruyamment. Sans écouter vraiment, j'entends des bribes de phrases : « Marco... *ancora peggio... che stupidità da Lisa...* » Une petite brune boulotte, cheveux bouclés, me tourne le dos, de temps en temps, elle rit d'un rire encore coloré d'enfance. Sa compagne est plus mince, plus triste peut-être aussi, un cerne profond, étonnant dans ce visage juvénile, dessine une ombre bleue autour d'yeux noirs sans maquillage. Je tourne la mousse de mon café dans la tasse, j'observe sans impatience l'entrée de l'institut.

Soudain, je surprends le regard de la jeune fille brune. Elle vient d'apercevoir près de l'enveloppe la photographie de Francesca, elle la fixe. Elle semble terrifiée, c'est la première sensation qui m'a traversé. Elle la connaît, c'est évident. Elle relève les yeux vers moi, elle sursaute, comme prise en faute, détourne le regard. La conversation reprend, elles ne rient plus, leurs répliques sonnent un peu faux. J'écris rapidement ces lignes, car je devine que la jeune fille, qui paraît très troublée, va se tourner vers moi, m'adresser la parole, je ne vais plus pouvoir t'écrire. Je vais glisser cette lettre dans l'enveloppe, courir la poster dans la boîte aux lettres devant l'institut, revenir m'asseoir près d'elles.

Je t'enverrai la suite de mes aventures dès que possible. À bientôt.

Ton Giovanni

*

Carnet de l'auteur :

La dernière lettre de Giovanni a fait renaître en quelques lignes mon émotion, j'en tremble presque.

Francesca est désormais à deux pas de moi, il suffirait d'un simple voyage à Mantoue pour que toute ma vie bascule. Je ne sais pas ce que j'inventerais pour l'aborder, la séduire.

Laure est revenue, une fois de plus. Nous avons fait l'amour, avec tendresse je crois, mais sans passion. Après, j'ai surpris cette lueur de tristesse dans son regard, juste avant de fermer les yeux : cette fois-ci, je sais qu'elle attend pour partir d'en trouver la force. Ou peut-être de rencontrer quelqu'un.

Nous sommes retournés au Louvre elle et moi ce matin, j'avais ma *Vita nuova* dans mon sac, et j'ai invité Jean à déjeuner. Pour ses trente-trois ans, nous avons bu le champagne, comme convenu. Puis, je lui ai montré les annotations de Scrochetti, avec leur traduction. Il a lu attentivement, et s'est arrêté sur quelques phrases : « Compte trois colonnes. Observe la coupe, l'arc et le pinceau. Pierre, Paul et Judas, où est la raison ? Qui a des yeux pour voir, qu'il voie. » Jean pense qu'il s'agit de dispositions géométriques dans le tableau, que « *ratio* » doit signifier « rapport » et non « raison. » Il va mesurer les différentes distances entre les personnages et les objets de la toile, tâcher d'y découvrir une logique cachée.

Jean a fait une photocopie du texte traduit. Il a insisté pour que je lui laisse mon numéro de téléphone, il doit m'appeler.

*

Le..., Bologne

Cher monsieur d'Arezzo,

Je me permets de vous adresser une recette que peut-être vous ne connaissez pas, celle des nouilles aux anchois et aux oignons, qu'Anna prépare admirablement bien. C'est tout simple, il faut faire revenir des oignons découpés très fins avec cinq ou six anchois, jusqu'à obtenir une pâte noire. On mélange après avec les nouilles, Anna ajoute de la *grappa* et de la crème dans la sauce, mais c'est une invention à elle. Anna serait très fière si ses nouilles faisaient l'objet d'une recette dans votre hebdomadaire.

J'ai bien aimé « Les petits seins d'Adrianna. » Cela m'a fait revenir en mémoire une histoire d'avant la guerre, je veux dire, la Seconde Guerre.

Quand mes parents, mon frère et moi nous sommes réfugiés en France, au début des années 1930, nous avons d'abord été hébergés dans une petite ferme du Périgord. M. et Mme Roubaud, les métayers, étaient des gens très gentils. Ils avaient deux filles, Rose et Louise, en souvenir, je l'ai compris plus tard, de Rosa Luxembourg et de Louise Michel. Vous verrez, un jour, cela redeviendra des prénoms à la mode.

C'était Louise la plus jeune, elle portait des nattes, son nez était constellé de taches de rousseur, et comme je n'avais qu'un an de moins qu'elle, on nous avait mis dans la même classe, au village. Ma mère avait trouvé du travail dans une petite usine de la ville, et mon père aidait à la ferme. Je ne savais pas parler le français, mais Louise, lorsque nous allions sur le chemin de l'école, m'enseignait chaque jour quelques mots nouveaux. Les premières semaines, j'ai dû apprendre le nom de chaque plante ou animal croisé sur la route : la vache, le lièvre, l'aubépine, la luzerne. De son côté, elle répétait avec moi les mots en italien, *la vacca*, *il lèpre*, *il biancospino*, *l'erba medica*, pour me faire plaisir, je crois, pour me montrer que je n'étais pas le seul à ne pas connaître la langue de l'autre.

Pour mes dix ans, qui tombaient un dimanche, nous avons fait une grande fête, à la ferme. Je vous ai dit, je crois, qu'on m'appelait le spaghetti. Papa avait appris que je m'étais même battu plusieurs fois à l'école à cause de ça. Alors, il avait préparé *la pasta* avec maman et invité pour le repas du midi tous les élèves de la classe et leurs parents. On avait installé la table dans la grange, au cas où il pleuvrait, et tout le monde avait ri, bu, mangé *la pasta*. Puis, quand la nuit était tombée, on avait dansé, Papa avait chanté avec sa guitare une chanson du pays, et maman avait pleuré, même si la chanson n'était pas triste. Après, au village, on avait continué à m'appeler le spaghetti, mais je sentais que ce n'était plus pareil, et j'étais presque fier. Ce n'est pas pour cela que je vous raconte ça.

C'est après le gâteau aux raisins que Louise m'a demandé de la suivre. Elle m'a pris la main, m'a conduit au cœur de la vigne, derrière la haie de noisetiers. Là, elle m'a ordonné de mettre mes mains devant les yeux, et deux, trois, cinq fois, j'ai demandé si je pouvais les retirer. Chaque fois, Louise répondait « non », presque en criant. Je n'ai pas essayé de tricher. Puis, enfin, elle a dit, avec une voix timide que je ne lui avais jamais entendue : « Oui, maintenant, tu peux. » Louise avait dégrafé son chemisier de dentelle, ramené les deux pans en arrière, et découvert deux jeunes seins naissants, à peine bombés, aux aréoles couleur de pêche. Elle est restée ainsi immobile, quelques secondes, sans me regarder, sa jeune poitrine se gonflait à chacune de ses respirations rapides, et soudain, d'un geste brusque, elle a refermé son chemisier. Puis, elle est passée devant moi et s'est mise à courir vers la grange, tandis que je demeurais pétrifié.

Je ne sais combien de temps je suis resté ainsi, au milieu des alignements de ceps, incapable du moindre mouvement. Lorsque je suis retourné vers la grange, Louise et sa sœur desservaient la table. Elle n'a pas eu un regard pour moi, et le lendemain, sur le chemin de l'école, elle ne m'a pas non plus adressé la parole.

Après les vendanges, mes parents, mon frère et moi avons quitté le Périgord pour Toulouse. Nous sommes parfois retournés chez les Roubaud, mais je n'ai jamais revu les petits seins de Louise. Sûrement qu'ils ont grossi, depuis, ou… Elle aussi doit avoir soixante-dix ans maintenant.

J'allais oublier : j'ai transmis à Luca les notes de Scrochetti. Il a travaillé avec acharnement à les décrypter (au fait, pourquoi vous autres Français dites-vous « travailler d'arrache-pied » ?). Il a même fait déjà quelques trouvailles très intéressantes à la bibliothèque. Ainsi, pour « *Ante ferit quant flamma micet* », « Il frappe avant que la flamme ne brille », il est formel : c'est la devise de l'Ordre de la Toison d'or. L'Ordre a été fondé en 1430, à Bruges, par Philippe le Bon, duc de Bourgogne et comte de Flandres, au moment où l'usage des armes à feu se développait. D'ailleurs, l'insigne en est une dépouille de bélier attaché à un collier d'or composé de fusils stylisés, encadrant des pierres à feu d'où jaillissent des étincelles.

L'Ordre devait faire revivre la chevalerie chrétienne, et la toison d'or, que Jason avait prise au dragon, représentait Jérusalem. D'après Luca, à l'époque de Scrochetti, l'Ordre comptait trente et un chevaliers. Il n'a pas encore pu retrouver la liste des chevaliers de l'époque, mais faites-lui confiance, c'est pour bientôt.

Avec toute notre affection, à Anna et à moi.

Giovanni Darezzo

*

Paris, le…

Cher monsieur Darezzo,

Sitôt votre lettre arrivée au journal, je me suis mis à la tâche. La recette des nouilles aux anchois et aux oignons est ainsi immortalisée :

*

Le lieutenant américain

« *Americano ?* »

C'était sans doute une question un peu stupide, mais le grand militaire noir m'a souri, et s'est agenouillé pour mieux m'observer. Il avait la peau très brune, des yeux foncés avec un blanc couleur de lait, et sur les manches, trois ou quatre galons dorés d'officier. Il a eu un large sourire, et il a dit : « *Si, americano.* »

Suzanna découpait quelques oignons en lamelles très fines. Elle s'est tournée vers moi et elle a dit : « Giovanni, je te présente le lieutenant Art Jackson. M. Jackson est de la marine américaine, et il a connu ton père et mon frère Cosme pendant la guerre. » Elle a jeté les oignons dans la poêle et haché une demi-douzaine d'anchois. Le grand Noir a passé sa main dans mes cheveux et s'est redressé. J'ai levé les yeux vers lui, et il m'a paru immense, comme le Lothar de la bande dessinée que j'achetais parfois avec la monnaie des courses.

J'ai reculé vers Suzanna, qui mélangeait oignons et anchois dans la poêle jusqu'à obtenir peu à peu une sauce sombre et luisante. Les yeux du militaire se perdaient loin dans la ville, plus loin encore que la via San Pietro, et revenaient à Suzanna, qui a jeté dans l'eau bouillante un paquet de nouilles. Elle a précisé : « Ce sont des nouilles aux anchois et aux oignons », et il a hoché la tête en silence.

« Qu'est-ce que vous faites en Italie, monsieur ? » Mais avant que le lieutenant ne réponde, Suzanna a dit, très vite : « Art est en permission à Rome. Il vient fleurir la tombe de son frère. »

Suzanna parlait du grand cimetière militaire, près de l'*autostrade*. Là-bas, il y a des milliers et des milliers de croix, et leurs alignements dessinent des courbes dans la colline. Le grand Noir m'a regardé avec un air grave, et il a dit, dans un italien approximatif : « Beaucoup de croix blanches… »

J'ai demandé : « Et les soldats noirs, comme vous, ils ont des croix noires ? »

Suzanna m'a fait les gros yeux, mais le monsieur a souri, m'a de nouveau caressé les cheveux, et il a fait : « Non. Ici, tout le monde est pareil. »

Giovanni d'Arezzo

J'espère qu'Anna ne m'en voudra pas de n'avoir mentionné ni la *grappa* ni la crème, mais j'ai pensé qu'elle devait protéger ses secrets de fabrication. Je me suis aussi permis de faire appel au nom de votre fils,

Cosme. C'est pour la bonne cause, et cela restera un petit clin d'œil complice entre nous.

Pour la Toison d'or, je voudrais vous remercier, vous et Luca. Ceci confirme l'importance de l'Ordre dans la symbolique du tableau, qui doit receler d'autres informations. Peut-être allons-nous, au terme de cette difficile enquête, découvrir le trésor des chevaliers ?

Je vous embrasse affectueusement, vous et Anna.

Giovanni d'Arezzo

*

Florence, le…

Vite, vite, Giovanni,
des nouvelles de Francesca,

Bien que surexcité, je vais tenter de te conter tout cela dans un ordre cohérent. Je suis donc revenu dans la salle de ce café après être allé posté ma lettre précédente (tu l'as bien reçue, au moins ?). La blonde est sortie des toilettes et s'est assise à côté de son amie, elles sont restées sans prononcer un mot un long moment. Enfin, comme je m'y attendais, la brune s'est tournée vers moi.

Il y a d'abord eu un long silence. J'ai senti qu'elle avait peur, j'ai pensé qu'elle me prenait pour un policier, peut-être même pour un maffieux. J'ai de nouveau sorti la photographie de mon sac, afin de montrer que je n'avais rien à cacher, et elle s'est jetée à l'eau.

« Pardonnez-moi, monsieur ? » Je me retourne, l'air faussement étonné. Elle poursuit : « La fille de la photo ? Vous lui voulez quelque chose ? » Je sors une cigarette, je prends une seconde avant de répondre : « Vous la connaissez ? » Elle cherche de l'aide dans le regard de son amie, elle répond, agressive : « Ça vous regarde ? » Je souris, j'allume ma cigarette, mieux, je lui tend le paquet. La fille est désarçonnée (je l'avais prévu), elle balbutie : « Non, merci » et je pars à l'attaque : « Écoutez, mademoiselle. Je ne suis pas de la police, ni un privé. Et je n'ai pas non plus de contrat sur elle. »

Tu vois, Giovanni, après ce paragraphe, je me dis que vraiment j'aimerais bien écrire des romans policiers. J'aurais relevé le col de ma veste, poursuivi : « Mais d'autres que moi, si. » J'aurais tiré une deuxième bouffée, soufflé une volute : « Alors si vous le pouvez, aidez-moi. Parce que sans moi, votre copine, elle va finir avec ses jolies chevilles moulées dans du béton, au fond dans la baie. »

Mais comme je travaille pour toi, il a bien fallu que j'ajoute : « C'est une histoire d'amour. Pas entre elle et moi, mais une histoire d'amour quand même. » Alors, j'ai raconté quelques bribes de votre aventure, sans tout dévoiler pourtant, et je l'ai même enrichie de certains détails imaginaires, et donc inédits, même pour toi.

Ainsi, écoute, et transporte-toi un soir de mai, voici sept ans. Tu avais réservé une table dans un des agréables restaurants de Florence, piazza del Cimatori. En terrasse, il faisait si beau. Dans l'attente de cette unique soirée, tu avais économisé durant plus d'une semaine, tu voulais que tout soit parfait. Francesca était même arrivée à l'heure, vêtue d'une robe légère, noire à pois rouges, tu avais commandé un vin du Frioul, des lasagnes aux cèpes et vous le savouriez à petites gorgées en picorant les olives de l'apéritif.

Puis, il y a eu la première goutte de pluie. Le garçon a déposé les lasagnes sur la table, et vous a demandé si vous vouliez rentrer. « Non, non, s'il te plaît », a demandé Francesca en plissant les lèvres dans une moue d'enfant, tu as trouvé qu'elle était si belle, et le garçon vous a proposé un large parasol. Il l'a eu à peine installé que l'averse s'est mise à tomber. Des trombes d'eau, vraiment, et le garçon a dû retourner en salle. La terrasse s'est vidée d'un coup, et toute la place avec elle, et vous êtes restés seuls, tous deux, abrités du ciel par la grande toile carrée. Tu le savais, vous étiez au centre de tous les regards, comme l'image même de la jeunesse, un véritable cliché pour publicitaires. Mais même cela vous faisait rire, et tu as pris les mains de Francesca dans les tiennes, tu as murmuré : « Je t'aime, Francesca. » Elle a fermé les paupières, et quand elle a rouvert les yeux, ils brillaient de larmes.

C'est alors que le mendiant est arrivé. Tu n'avais pas pu le remarquer avant, il s'était réfugié sous un porche dès le début de l'ondée. Si tu l'avais vu marcher vers vous, sans hâte malgré la pluie battante qui dessinait des cercles dans les flaques, tu aurais compris pourquoi il s'était approché. Il venait juste partager quelques secondes de ce bonheur miraculeux qui éclatait sur cette place. Son regard était souriant, confiant, presque affectueux, peut-être il voulait seulement vous glisser un mot gentil. Tu sais, les mendiants, personne ne leur parle jamais vraiment.

Mais quand tu l'as découvert, à deux pas, si proche qu'il aurait pu toucher de sa main crasseuse les cheveux de Francesca, tu as sursauté. Tu as secoué la tête, pour répondre « non » à une question qu'il n'avait pourtant pas posée. Surpris, il a ouvert la bouche, mais il t'a observé sans rien dire, a haussé les épaules et il est reparti. Tu l'as suivi du regard, il marchait pesamment vers l'abri du porche, à l'autre bout de la place. Le vent a fraîchi d'un coup, ou peut-être tu as soudain eu froid. Alors, tu as deviné que par ta faute la magie s'était brisée, tu as senti qu'il aurait presque fallu le faire asseoir à ta table, ce mendiant, lui servir un verre de vin, lui présenter Francesca. Tu aurais même pu, pour une fois, donner une pièce, et Francesca aurait su que c'était comme la jeter dans un puits pour exaucer un vœu.

Tu t'es levé, tu as rempli de vin ton verre et pris cent lires dans la poche de ta veste. Tu l'as rejoint quand il arrivait au milieu de la place, l'averse était de plus en plus violente, tu lui as tendu le verre où l'eau de pluie se mêlait au vin, la pièce qui glissait presque dans tes doigts. Il a accepté le verre et les lires, et il t'a serré la main, sans un mot. Alors, tu es revenu vers l'abri du parasol, qui faisait une tache blanche dans le gris de la place, sans regarder autour de toi. En arrivant, tu étais si trempé que personne, sauf Francesca, n'a pu voir que tu pleurais.

Voilà l'histoire que j'ai racontée. Ne trouves-tu pas, Giovanni, que le mensonge est ce qui ressemble le plus à la réalité ?

J'ai donc parlé longtemps. Et j'ai dû émouvoir ces jeunes étudiantes, puisqu'elles m'ont confié que Francesca ne travaillait plus à l'institut depuis trois mois, qu'elle avait trouvé une meilleure place à Florence même. Une petite anecdote : au moment où la brunette aux yeux cernés finissait de me donner tous ces détails, deux types en blousons de motards sont entrés dans le bar. Ils ont embrassé les deux filles, et se sont assis à côté d'elles, en me dévisageant de façon très désagréable. Incroyable : la petite blonde avait téléphoné pour appeler du renfort. Pourtant, je t'assure que je n'ai nullement l'air d'un mafioso.

Retour à Florence, devant le collège Italo Calvino. Avec les embouteillages, le temps de trouver une place pour l'Alfa, à deux rues de là, il est déjà 5 h 25. Et au moment où je tourne le coin de la rue au pas de course pour surveiller la sortie de la demi, devine qui je croise… Tu as deviné : Francesca.

Évidemment, je n'étais en rien préparé à cette rencontre, je n'avais pas prévu même de lui adresser la parole, et pourtant je bafouille : « Francesca Piana ? » J'aurais dû, j'imagine, prendre un peu plus de précautions dans cette affaire, mais j'étais si fier de mes progrès en une seule journée que j'ai soudain oublié toute prudence. Elle se retourne, me toise, sourit : il faut avouer que j'ai déboutonné mon costume trois pièces, que la teinture blanche de mes cheveux commence à tomber en poudre sur mon front et mes joues, et que je suis hors d'haleine. Je joue l'essoufflement un peu plus que nécessaire, le temps de trouver la réplique adéquate.

« D'Arezzo. Ottavio d'Arezzo. » Ne me demande pas pourquoi je me suis donné ce prénom, je n'en ai pas la moindre idée, je n'aime d'ailleurs vraiment pas Ottavio. Peut-être une résurgence inconsciente de ce comte Ottavio d'Arezzo, dans ta première lettre.

Je lui tends la main, elle la serre, machinalement, quoiqu'un peu surprise, j'halète : « Mademoiselle Piana, j'aurais souhaité vous entretenir d'un problème délicat. Avez-vous un peu de temps à m'accorder ? » Elle regarde sa montre-bracelet, elle soupire, vraiment elle est jolie, avec quelque chose de très vivant dans les prunelles, mais tu le sais déjà… « Non, vraiment je ne peux pas tout de suite. Votre nom est d'Arezzo, dites-vous ? De quoi s'agit-il ? » Je secoue la tête : « Non, vraiment, en cinq minutes, il m'est impossible de vous en parler. Mais donnez-moi une demi-heure, ou un déjeuner si vous le voulez. »

Elle a insisté, j'ai dû refuser une seconde fois de lui accorder un trop court entretien. Elle paraissait inquiète de ce que j'avais à lui annoncer, aussi me suis-je contenté de la rassurer, sans rien révéler du sujet, et nous avons finalement convenu d'un rendez-vous jeudi prochain, à l'heure du déjeuner à la terrasse du caffè Rivoire, piazza della Signoria. C'est très touristique, mais ainsi, je suis certain que tu trouveras. C'est sur cette place qu'a été brûlé le moine fanatique Savonarole voici près de cinq siècles. Quant au caffè Rivoire, Stendhal et Giono s'y sont attardés en leur temps, tu te sentiras donc en honorable compagnie.

Tu t'en doutes, je souhaite que tu m'écrives au plus vite, afin de me donner tes instructions.

Je t'embrasse. À bientôt.

Giovanni d'Arezzo, alias Ottavio

*

Carnet de l'auteur :

Il ne fallait pas qu'il lui parle. Comment leur expliquer maintenant ? Jeudi prochain. Dans deux jours à peine. J'ai réservé une couchette dans le train de demain soir. Je serai à Florence au matin, j'aurai eu toute la nuit pour me préparer. Je vais télégraphier mes horaires d'arrivée à Giovanni.

C'est lui que je verrai d'abord. Je ne voulais pas qu'il prenne cette histoire tellement au sérieux. Je ne lui parlerai pas du prisonnier de Pise, c'est impossible. Ce que je lui aurai raconté de Francesca et moi, ce ne sera rien d'autre que l'adaptation d'une histoire vécue par un ami d'autrefois, un premier Giovanni d'Arezzo, connu dans un palace de la Côte d'Azur, quel nom déjà, l'International Waldorf. J'aurai adopté ce pseudonyme en souvenir de lui, même si depuis, nous nous sommes perdus de vue. Bien sûr, même avec cette dernière version, il y a tromperie – une licence poétique ? –, ne disait-il pas lui-même dans sa dernière lettre que « le mensonge est ce qui ressemble le plus à la réalité » ?

Pour la photo. Comment suis-je rentré en sa possession ? En retrouvant dans un tiroir une lettre de ce Giovanni, dans laquelle il l'avait glissée. Ce n'est pas trop s'éloigner de la vérité, c'est bien.

Et elle ? Elle ne l'a pas corrigé lorsqu'il l'a appelée Mlle Piana. Bien sûr, peut-être, il y a quelqu'un, mais elle n'est pas mariée. Peut-être, lorsqu'il lui a dit Ottavio d'Arezzo, peut-être a-t-elle songé qu'il était parent du Giovanni du pénitencier, son frère, son père ? S'il avait ravivé en elle un souvenir tendre, si elle songeait désormais à le revoir, comment faire ? Il faudra que ce soit moi qui parle, pas lui. Il vaudrait d'ailleurs mieux qu'il ne soit pas là du tout. Peut-être même, si j'arrive à le convaincre de ne pas assister à notre entretien, il ne sera pas nécessaire d'avouer. Ni à lui, ni à elle.

J'ai trois jours pour y réfléchir.

Au journal, William a insisté pour que je livre quelques recettes d'avance. J'ai essayé d'en rédiger une rapidement, mais impossible de me concentrer sur le sujet, et j'ai fini par emprunter à la lettre de d'Arezzo aussi bien le thème que l'idée des lasagnes aux cèpes. J'ai dû promettre à William d'en envoyer deux ou trois autres de Florence.

*

LE MENDIANT DANS LA COUR

Il y a eu un grondement de tonnerre, Suzanna a vite rentré le séchoir, et tout de suite, le ciel a emprunté le bleu sombre de la nuit, et l'eau s'est mise à tomber en énormes gouttes. Suzanna a vidé l'eau des lasagnes, les a passées sous l'eau froide et séchées dans un torchon. Elle a posé à côté de moi la planche, deux gousses d'ail et quelques cèpes : « Giovanni, hache-moi ça tout petit, tu veux ? *Stai attento*, ne te coupe pas un doigt. Ta mère me le réclamerait. »

J'ai haussé les épaules, découpé soigneusement les champignons et l'ail, et quand j'ai eu fini, je suis allé jusqu'à la fenêtre. Suzanna a jeté les deux petits tas dans l'huile chaude et pressé un citron dès que les champignons se sont mis à crier.

L'averse remplissait d'immenses flaques, et les pavés de la cour faisaient comme un archipel d'îles luisantes. Suzanna me regardait en souriant, tournant lentement la sauce. Sous le porche, un homme, un mendiant, s'abritait, vêtu d'un vieux manteau troué et la tête couverte d'un feutre fatigué. Il s'est adossé au mur, et a sorti un mouchoir pour essuyer sa barbe mouillée. Suzanna a jeté un petit verre de cognac dans la poêle, approché une allumette, et la flambée a envahi la cuisine et illuminé la cour. Le mendiant a levé les yeux, son regard a croisé le mien et il a souri, gentiment. Il a porté sa main à ses lèvres, comme pour me demander si je mangeais, et je suis resté immobile.

Suzanna a dit : « Tu vois, Giovanni, après, on dispose la sauce entre chaque couche de lasagne, et on finit en couvrant de sauce et de parmesan. » L'homme me regardait toujours, figé dans son geste, et j'ai reculé, comme effrayé par ces yeux gris.

Quand je suis retourné à la fenêtre, il avait disparu, et l'eau dessinait des cercles de lumière dans les flaques. Je me souviens de ce regard qui me criait que je n'étais pas un enfant. Un homme qui avait faim faisait un geste vers un autre. Et mon premier geste d'adulte avait été de reculer. Être un homme, peut-être, c'est avoir honte.

Giovanni d'Arezzo

*

Télégramme :
Giovanni d'Arezzo
BP 2018. Posta centrale Florence

Caro Giovanni

Félicitations pour enquête. Stop. Arriverai train 8 h 35 jeudi matin gare centrale Florence. Stop. Hebdomadaire à la main. Stop. Attendrai vingt minutes. Stop. Si impossible pour toi, serai au café dès 10 h 30. Stop. Logerai hôtel Tornabuoni Beacci, via Tornabuoni. Stop. Je t'embrasse.

Giovanni

*

Pénitencier central de Pise, le…
(lettre traduite de l'italien)

Cher monsieur d'Arezzo,

Je vous remercie de votre gentille lettre. Je dis gentille parce que ce n'est pas vrai qu'elle était cruelle. La cruauté, c'est faire mal aux autres par plaisir, mais vous, en m'écrivant votre histoire avec Isabel, vous vous faisiez du mal à vous-même. Si vous me l'avez racontée, c'est pour m'expliquer qu'il ne faut pas courir après le passé, que tout le monde oublie tout le monde.

À la prison, j'ai lu un livre d'un écrivain russe, enfin avec un nom russe. Un homme va retrouver à Stockholm une femme. Il croit qu'elle a été la femme de sa vie, et la guerre les a séparés. Il apprend qu'elle est mariée, qu'elle a des enfants, et ils se revoient. Il découvre alors qu'au fond, il n'a pas beaucoup compté dans sa vie. C'est un très beau roman, un peu triste, comme l'histoire de vous et Isabel.

Peut-être, ce sont les sentiments qu'il faut oublier, pas les souvenirs. Ici, en prison, c'est plus difficile encore, parce qu'on ne trouve pas les sentiments neufs pour prendre la place des anciens. Avec le temps, les souvenirs deviennent plus vivants que la vie. Dans la cellule à côté de la mienne, il y a un homme, un ancien camionneur, il se réveille presque chaque nuit, et il hurle : « Lucia, Lucia. » Il est en sueur, tout le monde dans la coursive lui crie de se taire, et on l'entend qui se met à pleurer, à petits coups, comme un gosse.

Tito est condamné à vingt ans, il a tué sa femme à coups de carabine, il y a plus de douze ans, et son amant avec. Après, il a voulu se tuer, mais il n'a pas pu. La police l'a trouvé, étendu dans leur sang, les yeux ouverts, changé en pierre, à côté du couple. Mais Lucia, ce n'est pas le prénom de sa femme, elle, c'était Gabriella. Lucia, c'était une fille qu'il avait connue bien avant.

Pour Lucia, un jour, Tito m'a raconté. C'était à Naples, quand il avait commencé à travailler comme livreur, à seize ans. Il avait un triporteur, avec un grand coffre posé sur l'essieu avant, comme les marchands de glace, mais sans l'ombrelle. Le triporteur avait aussi des rétroviseurs soudés sur les flancs, « comme sur les Mercedes », et ça devait être vrai parce que Tito s'était une fois fait prendre à en démonter un, justement sur une Mercedes.

Même aujourd'hui, Tito porte toujours sur lui une photo où il fait le fanfaron devant son engin. Il ne la montre presque jamais, moi, je ne l'ai vue qu'une seule fois. La photo est en noir et blanc, mais il m'a expliqué que le triporteur était bleu comme le ciel, même les pneus, qu'il avait peints, et que sur l'avant était inscrit TTT, en grandes lettres rondes, rouges et blanches. TTT, cela voulait dire : « *Tito trasporta tutto.* » C'est vrai qu'il livrait de tout, Tito, des journaux, des pains, des pâtisseries, du vin, des cigarettes de contrebande. Et parfois, le samedi soir, dans son coffre, il emmenait Lucia danser.

Lucia, c'était la fille du boulanger de son quartier. Elle aussi est sur la photo, elle porte un chapeau de paille, alors on ne la voit pas bien, mais elle était blonde, des yeux bleus, une vraie fille viking. D'ailleurs, son père, quand il la disputait, l'appelait Gustav, du nom de la grande ligne de résistance allemande sur le territoire italien, au-dessus de Naples, au début de la débâcle de 1943-1944. Comme Lucia était née plus d'un an après la guerre, ce n'était pas bien méchant…

Tito était fou de Lucia. Pour ses dix-sept ans, il lui avait offert un grand foulard, en soie claire. Elle ne le porte pas sur la photo, mais il avait dû en faire, des dizaines de kilomètres de livraison pour lui payer, parce que c'était un grand foulard fin et long, comme celui des grandes dames dans les vieux films. Lorsqu'elle dansait au bal, Lucia jouait avec, elle ceinturait Tito et l'attirait jusque dans ses bras.

Un soir, tous les deux allaient à la fête du Pici, au village voisin, elle était assise dans le coffre du triporteur, à l'avant, Tito pédalait vite, debout comme les cyclistes professionnels, il respirait le parfum sucré de Lucia. Un camion a voulu les doubler, il les a serré un peu près sûrement. Le foulard devait voler dans le vent, il a été aspiré par le souffle du camion, s'est pris dans l'axe de la roue, enroulé dans les ferrailles. Lucia a été arrachée du triporteur, presque décapitée. Elle est morte sur le coup. Et toutes les nuits, Tito fait le même cauchemar.

Pour Francesca, vous avez raison. Je ne sais pas ce qu'elle est devenue et je ne veux pas le savoir. Elle a dû se marier avec un de ses camarades de l'université, lui faire de beaux enfants. Elle et moi de toute façon, ce n'était pas possible à l'époque, et ça le serait encore moins maintenant. Je ne sais pas pourquoi j'ai gardé la photographie. J'ai bien réfléchi, merci à vous, vous pouvez la jeter.

Vous savez, je vous disais que je serais encore là longtemps. Ce n'est pas trop sûr, parce que mon avocat a obtenu pour moi une remise de peine pour bonne conduite. Je pourrais peut-être sortir dans un an, ou moins. Bientôt, j'aurai droit à la liberté conditionnelle, et peut-être nous pourrons nous rencontrer.

Votre ami,

Giovanni d'Arezzo

*

Carnet de l'auteur :

Le paysage s'enroule autour des pylônes, le sol l'avale en tourbillons colorés, et le Paris-Rome fonce dans le crépuscule. Sans doute par superstition, j'ai fait l'achat d'un nouveau carnet de bord, cartonné, recouvert d'un imprimé à l'ancienne. La matière du papier, sa couleur blanche et mate sont reposantes, rassurantes, même. J'écris, les pleins et les déliés me redonnent courage.

Dans quelques heures, Francesca, tu seras devant moi. J'aurai convaincu Giovanni de nous laisser seul. Il aura accepté, en souriant.

Tu seras inquiète. Tu auras cherché toute la semaine la raison d'un tel rendez-vous. Tu arriveras à l'heure, tu chercheras des yeux « Ottavio » d'Arezzo, je te ferai un signe amical, tu t'approcheras, je dirai, sans doute troublé : « Mademoiselle Piana ? », tu hocheras la tête et tu t'assiéras. Et alors débutera un nouveau mensonge.

Je poserai sur la table la *Vita nuova*, je dirai : « Francesca, je peux vous appeler Francesca ? » et avant que tu ne répondes, je poursuivrai, en tâchant d'être convaincant : « J'ai trouvé ce livre ancien sur les quais de la Seine, à Paris. Il date du XVIe siècle. Sur une page de garde, il y a votre nom inscrit, avec les références de l'université. » Ton nom, celui de l'université, je les aurai recopiés moi-même, mais pourquoi le préciser ? Tu regarderas les inscriptions, minuscules, sans comprendre, j'ajouterai : « J'ai fait analyser l'encre par un laboratoire, elle datait d'il y a moins de dix ans, comme l'indique la présence d'un pigment bleu particulier. Alors, je suis parti à votre recherche, j'ai songé que vous pourriez m'aider. »

Tu boiras une nouvelle gorgée de chocolat brûlant, sans cesser de me regarder de tes yeux noirs.

Je dirai, en riant : « Moi qui pensais que vous seriez une vieille dame, une bibliothécaire... Mais peut-être avez-vous déjà travaillé sur ces notes de Scrochetti ? »

Toi aussi tu riras, tu secoueras la tête, et je te parlerai des frères Scrochetti, des *Noces de Cana,* de l'amitié possible entre l'enfant de Vérone et le maître exilé à Casalmaggiore, de l'Inquisition, du trésor des chevaliers de la Toison d'or, dont le secret est caché dans un tableau. « Je reste quelques jours à Florence. Voulez-vous m'aider dans mes recherches ? Nous partagerions le trésor. Qu'en pensez-vous ? »

Tu ne refuseras pas, on ne refuse jamais un peu de mystère.

*

Carnet de l'auteur :

Suis assis au buffet de la gare, à boire un capuccino dans le tumulte du matin. J'ai mal dormi, moi qui dors pourtant toujours tellement bien dans les trains. À la gare, un garçon d'une quinzaine d'années tenait une pancarte « Giovanni d'Arezzo ». Je me suis approché, présenté, et il s'est contenté de me remettre une lettre, avant de repartir sans attendre. Mes mains tremblent quand je déchire l'enveloppe.

*

Florence, le…

Caro Giovanni,

Un imprévu familial me contraint à quitter Florence pour la journée. Zut, comme on ne dit jamais chez toi. Crois que j'en suis absolument désolé, j'aurais évidemment tout fait pour éviter ce déplacement si je n'avais su ta venue : tu sauras me remplacer avantageusement auprès de Francesca. Le rendez-vous est à une heure au Caffè Rivoire, comme je te l'ai déjà précisé. Selon la météo, il fera beau. Sois exact, je crains qu'elle ne reste pas si elle ne me voit pas. Je te fais confiance.

Je serai de retour demain après-midi. Si tu le désires, nous pourrions dîner le soir même ensemble à la Trattoria Mazzini, tu trouveras aisément l'adresse. Une table y sera de toute manière réservée, à mon nom, notre nom. Viens vers neuf heures, accompagné de Francesca, si elle est libre, bien sûr.

Pardon une nouvelle fois de tout cet embarras.

Il est huit heures et demi à ta montre, et tu dois être bien fébrile. Tant de temps à tuer d'ici à l'heure du rendez-vous. J'ai pensé qu'il pourrait t'amuser d'avoir une dernière pièce du puzzle, alors que l'instant de nos (re-)trouvailles approche.

Nous sommes un matin d'automne, dans la chambre d'un grand hôtel, au cœur d'une de ces petites capitales d'Europe du Nord. Les lueurs de la nuit baignent encore la ville et ses canaux. Une lampe de cuivre, sur un bureau, diffuse une lumière verte, très pâle, qui joue avec l'ambre d'un champagne éventé oublié dans les coupes. Dehors, une pluie sale bat la fenêtre, sans vigueur, les sons indistincts de la rue montent, assourdis. Je suis debout, nu, immobile, le front posé sur le verre froid de la vitre. Une péniche passe sur le canal, sans bruit, avec une incroyable lenteur, tel un objet peint qui se déplacerait au sein d'un tableau. Dans le lit, une femme dort. Sa peau est mate, brune, orientale. Il flotte dans la pièce une senteur, très légère, d'encens, de patchouli.

La femme s'éveille, s'étire dans un mouvement de chaton, sa cheville fine s'échappe hors des plis du drap. Elle s'assied dans le lit, ramène ses jambes sur son ventre, tend le bras vers la chaîne d'or blanc sur le chevet du lit. Elle se tourne vers moi, son regard est tendre, triste, pour ainsi dire étranger. Elle frissonne, ramène le drap sur ses épaules, pose sa joue sur son genou. Elle chante, tout doucement, un air que je ne connais pas. Ses cheveux coulent comme une rivière sombre sur le coton blanc. Elle se tait. Dehors, dans le canal, le sillage de la péniche ne trouble plus le reflet des quais sur l'eau sombre.

Puis, la femme se lève, glisse dans sa robe, s'approche. Elle pose ma chemise sur mes épaules, m'entoure de ses bras, appuie son menton sur ma nuque, son corps contre mon dos, son souffle est chaud, vivant. Elle murmure une phrase dans sa langue, que je ne comprends pas. Elle parle, à voix basse, c'est un poème, une musique des mots, et je ferme les paupières, incapable de parler. J'ai peur du moindre geste et elle aussi reste là, sans bouger, près de moi, elle frissonne une nouvelle fois, elle me serre plus fort contre elle. Une goutte d'eau mouille mon cou, je crois qu'elle pleure, je veux me retourner, la prendre dans mes bras, mais elle m'en empêche. Elle dit seulement : « *Please* », si bas que c'est presque un souffle. Une nouvelle péniche entre peu à peu dans le tableau, un homme traverse le pont, une mouette le ciel gris.

La femme relâche son étreinte, sa chaleur s'éloigne, j'entends le bruit des vêtements qu'on déplace, je demeure immobile, et elle part, sans un mot. Moi, je reste là, le front contre la vitre, à respirer son odeur de patchouli.

Ici, il faudrait respecter une longue pause, parce que cette aube à Amsterdam est l'un de mes plus précieux souvenirs, et aussi l'un de mes plus grands regrets. Mais toi, tu vas le lire dans le tourbillon d'un matin florentin, assis à la terrasse d'un café et c'est aussi bien ainsi.

Je t'embrasse.

Ton Giovanni

P.-S. : J'ai oublié de t'en parler dans ma précédente lettre, alors que c'est peut-être le principal (c'est tout à fait moi). Au cours de notre très courte conversation, Francesca m'a demandé (elle souriait) s'il y avait un Giovanni dans ma famille. Tu vois, elle ne t'a pas oublié.

Et surtout, elle m'a posé une curieuse question qui ne cesse de tournoyer dans ma tête. Est-ce que j'avais, moi aussi, j'insiste sur cet étrange « moi aussi », étudié l'histoire de la grande musique ? J'ai répondu que je ne comprenais pas, mais peut-être, toi qui connais Francesca, possèdes-tu le secret de cette énigme ?

*

Carnet de l'auteur :

J'ai lu, relu ce post-scriptum. J'ai refermé l'enveloppe et marché vers la piazza della Signora, la gorge nouée, sans regarder la ville. Un vent frais et sec soufflait entre les façades grises et roses. Dans une rue, un homme jouait du violoncelle, une mélopée lente et triste, poignante, et je me suis appuyé contre la pierre, j'ai fermé les yeux, peu à peu pénétré par le froid du mur.

Désormais, inutile d'espérer mentir à Francesca. Peut-être c'est mieux ainsi. Un jour ou l'autre, elle aurait appris la vérité. Si j'avoue tout, je n'aurai plus jamais peur du fantôme de d'Arezzo. Je peux désormais affirmer que si j'ai osé partir à sa recherche, c'est qu'elle ne comptait plus pour lui. Ne me l'a-t-il pas écrit ?

J'ai frissonné, un frisson qui venait de l'intérieur, comme après une nuit sans sommeil. J'ai repris ma marche vers le Caffè Rivoire, un peu au hasard, sans tenter d'emprunter le chemin le plus court. À un kiosque, j'ai acheté un journal français, en sachant que je ne lirais pas. Enfin, je suis arrivé piazza della Signoria, je me suis installé à une petite table ronde, au bord de la terrasse, au plus près de la fontaine. Il est onze heures à peine, et j'attends, comme un animal piégé au fond d'une trappe. Francesca va surgir du coin de la rue, marcher jusqu'à cette terrasse, chercher Giovanni-Ottavio du regard, elle verra mon signe de la main sans le comprendre. Elle s'approchera, prendra le siège que je lui tendrai.

Ce sont les premiers mots qui me terrifient.

« Francesca Piana ? » J'aurai un léger accent. « *Si ?* – Pardonnez mon italien, je suis français. » Elle sourira, moi aussi. J'ajouterai : « Je suis journaliste. » Mieux : « Je suis écrivain, parfois j'utilise un pseudonyme, Giovanni d'Arezzo. Ce nom vous rappelle-t-il quelqu'un ? »

Elle sourit encore, elle se débarrasse de son écharpe, découvre son joli cou, avec un geste où je lis la confiance, elle dit : « Oui, quelqu'un. » Elle accroche le regard d'un serveur, commande un *espresso*, moi aussi. « Un très ancien souvenir. Vous le connaissez ? Depuis longtemps ? C'est lui qui vous a demandé de me retrouver ? » Trop de questions pour une unique réponse, je prendrai un air détaché, je répondrai, uniquement à la dernière : « Non, c'est moi, c'est seulement moi qui ai voulu vous rencontrer. »

Je marquerai une pause. Je laisserai le silence s'installer entre nous, devenir peu à peu complice, et au moment où le soleil sortira de derrière un nuage, viendra transformer la lumière de la place, je la regarderai, avec tendresse, une tendresse fraternelle.

« Francesca, vous êtes devenu un personnage d'un roman sur lequel je travaille, un personnage central. Laissez-moi vous expliquer, à partir du tout début, à partir du moment où j'invente un personnage qui s'appelle Giovanni d'Arezzo. »

La voilà, la vraie, la géniale idée, la seule raison qui ait pu m'autoriser à piller sans pudeur les souvenirs de son Giovanni. J'aurai tiré prétexte de ce rendez-vous pour venir jusqu'à Florence, où je devais de toute façon me rendre pour l'affaire des *Noces de Cana*.

Elle sourit, une nouvelle fois, elle pose son menton sur ses doigts croisés, plisse les yeux. Je ris, je passe d'un geste vif ma main sur mon front, je soupire, soulagé : « J'avais tellement peur que vous ne m'en vouliez. Après tout, je vous ai volé un morceau de votre histoire. »

Je la regarde, sincère, chaleureux : « J'ai tellement envie que vous ne m'en vouliez pas. »

Je demanderai, malgré tout, si elle veut, avec moi, aller visiter la tombe de Parmesan, à Casalmaggiore.

Onze heures vingt-cinq. La piazza s'anime peu à peu. Elle s'emplit d'odeurs, café et chocolat, pain chaud et oignon frit. Elle bruisse de toute part, chocs des tasses et des assiettes alignés sur les comptoirs, talons de femmes claquant sur les pavés, moteurs fatigués des Vespa, piaillement aigus des enfants. Le soleil entre par la via Dei Gondi, il trace de longues traînées de lumière franche, creuse le relief des statues de la fontaine. Il est onze heures et demi, le temps s'écoule si lentement à ma montre. Je vais écrire une recette de pâtes, une histoire de montre.

*

La montre « Waterproof »

« Giovanni ? »

Je terminais de concasser le poivre vert et je me suis tourné vers Alfredo. Ses yeux rayonnaient et il a tendu vers moi son poing fermé.

« Regarde bien, tu en as déjà vu une aussi belle ? » Il a ouvert sa main et j'ai vu briller une grande montre américaine avec de larges aiguilles bleues, une grosse trotteuse et un verre très épais. Suzanna a jeté le poivre vert dans une poêle, ajouté du beurre, deux doigts de vinaigre et de vin blanc, et fouetté énergiquement en incorporant trois jaunes d'œufs.

J'ai demandé : « À quoi ça sert, Alfredo, les chiffres sur l'anneau noir autour du cadran, là ? » Alfredo a forcé avec précaution, fait tourner le bord crénelé, et la bague a pivoté sur elle-même. « Ce sont les minutes qui restent lorsqu'on a des bouteilles. »

Je n'ai pas bien compris, mais Alfredo m'a expliqué que c'était une montre de plongée, que les bouteilles contenaient de l'air pour une certaine durée. « Alors, la montre, elle va sous l'eau ? » Suzanna a souri, versé un peu de rhum blanc dans la sauce, et son frère a retourné la montre. Sur son dos d'acier, on avait gravé un gros barbu chevauchant un poisson, et un mot en anglais : « Waterproof, ça veut dire qu'elle est étanche, Alfredo ? »

Il a soulevé la montre, l'a jetée dans l'eau bouillante des pâtes sous mes yeux incrédules, et éclaté de rire : « Ha, ha, ha, ne t'en fais pas… La montre ne risque rien. »

Suzanna a vidé la casserole dans l'égouttoir, et nous avons retrouvé la montre dans le plat, fumante au milieu des *bucatini*. Avant que Suzanna ne verse la sauce sur les pâtes, Alfredo l'a soulevée en se brûlant les doigts et l'a passée sous l'eau froide. J'ai vu qu'il faisait une drôle de tête. L'anneau de plastique noir s'était tellement déformé qu'il ne tournait plus du tout, même en forçant. Le remontoir était sorti de son logement, la trotteuse ne trottait plus et il y avait des gouttes sous le cadran de verre.

La semaine suivante, Suzanna me l'a donnée en riant. Alfredo l'avait rapportée à la boutique, mais lorsqu'il avait dit ce qu'il avait fait, l'horloger n'avait pas voulu le rembourser. La montre indique toujours la même heure, mais la nuit, les chiffres brillent toujours autant.

Giovanni d'Arezzo

*

Carnet de l'auteur :

Une heure moins le quart. Je vais reposer le stylo, épier les visages de femmes. J'ai le crâne bourdonnant, le sang a quitté mes mains. La lumière dure du soleil cisèle les immeubles de la place dans le ciel bleu pâle.

Je range ce carnet.

*

Carnet de l'auteur :

Francesca vient de partir, elle s'éloigne, et soudain, elle se retourne, me fait un signe de la main. Mon cœur se serre.

Je ne l'ai pas vue arriver. Une jeune femme est passée devant moi, et sa jupe rouge à pois a attiré mon regard, ses jambes aussi. Elle portait une veste de laine, très bien coupée, et ses yeux paraissaient chercher quelqu'un. Malgré les cheveux blonds, leur coupe à la Jean Seberg, j'ai su que c'était elle, à l'émotion qui s'emparait de moi.

Je me suis levé, j'ai seulement dit, presqu'inaudible : « Mademoiselle Piana », et elle m'a dévisagé. Je l'ai priée de s'asseoir, et aucune phrase ne me venait. Je suis restée à la regarder, elle ne s'impatientait pas. Alors, j'ai dit, en me concentrant sur la phrase pour ne pas bafouiller : « Il faudrait que nous remontions à cinq ans en arrière… » et Francesca a eu un étrange sourire : « Je m'en doutais. À cause de d'Arezzo. C'est pourquoi j'ai amené ceci. »

Elle a tiré de son sac un petit carnet à spirale, carmin, écorné, presque un cahier d'écolier. « Là-dedans, il y a l'année de mes vingt ans. C'est sans grand intérêt, comme tout journal intime, mais avant que vous ne parliez, je voudrais que vous lisiez ce passage. » Elle m'a placé le carnet dans les mains.

« 17 maggio, ore cinque del pomeriggio. Judith voleta assolumente far mi vedere la nuova acquisizione di Palazzo Bardini. È il "Rittrato di une principessa di Casa d'Este", fatto da una seguace della scuola di Pisanello. Lo hanno acquistato da un certo Pr. Serge C. Ogee, un collezionnista americano che deve aver ceduto cosi uno dei piu bei quadri della sua raccolta. Judith non è attirata dalla qualità dell'opera (che è assai scadente), ma dal fatto che il quadro era stato rubato a Verona nel 1869 in casa di un antenato prozio, il dottore Bernasconi… »

« Le 17 mai, cinq heures de l'après-midi. Judith tenait absolument à me montrer la nouvelle acquisition du palais Bardini. *Le Portrait d'une Princesse de la Maison d'Este*, réalisé par un petit maître de l'école de Pisanello, que leur a vendu un certain Pr. Serge C. Ogee, un collectionneur américain qui vend là l'une des plus belles toiles de son cabinet d'amateur. Ce qui séduit le plus Judith dans ce tableau, ce n'est pas la qualité de l'œuvre (au demeurant fort médiocre) c'est qu'il a été volé à Vérone en 1869 chez son arrière-grand oncle, "il dottore" Bernasconi. L'entrée au Bardini d'un tableau ayant trôné dans le salon de l'un de ses aïeux prend la forme d'une consécration pour cette petite snob. "Tu te rends compte, Francesca ? En 1877, Veglioni l'a retrouvé, à Milan, chez un prêteur sur gages. Mon grand-oncle le prenait pour un Pisanello authentique, mais le vicomte de Tauzia a démontré depuis que c'était impossible : Lauredana d'Este, la future épouse d'Aimeri de Gonzague, n'avait pas trois ans à la mort du peintre." Et patati, et patata… »

J'ai rendu le carnet à Francesca, étonné, elle y a jeté un coup d'œil rapide, s'est excusée : « Bien sûr, je ne vous montre pas la bonne page… » Elle a tourné quelques feuilles, et le carnet s'est ouvert de lui-même, comme si ces pages avaient été lues et relues :

« 21 maggio, otto di sera. Stavo bevendo un cappuccino con Judith al Caffè Lana quando siamo state avvicinate da uno strano giovane. Vent'anni o poco più, abbastanza attraente, un bel viso, non importa se parla con l'accento di un lazzarone meridionale. Del resto ne ha l'aspetto : ha i capelloni arruffati e porta un giubbone di cuoio liso

e troppo stretto. Bisognerebbe insegnargli a vestirsi. Eppure, d'Arezzo, il nome non gli corrisponde affato. D'Arezzo... Chi sa si chiama davvero cosi... »

« Le 21 mai, huit heures du soir. Je buvais un capuccino avec Judith au Caffè Lana quand un drôle de garçon nous a abordées. Vingt ans, ou guère plus, plutôt bien fait, et une jolie figure, et tant pis s'il parle avec un accent de voyou du Sud. Il en a d'ailleurs l'air, d'un voyou, avec ses cheveux trop longs, en désordre, son blouson de cuir élimé et étriqué. Il faudrait lui apprendre à s'habiller. Et puis, d'Arezzo, ce nom ne lui va pas du tout. D'Arezzo... Allez savoir si c'est vraiment son nom.

Quand je lui ai demandé ce qu'il étudiait, il m'a répondu, après un temps d'hésitation : “La grande musique.” Judith a soufflé, méchante et jalouse aussi : “Demande-lui s'il préfère les Beatles ou Catalani.” Mais Giovanni n'a pas entendu, je crois.

Il me plaît bien, malgré tout, ce petit Giovanni-là, à quoi bon me voiler la face. Judith (mine pincée) a persiflé : “Ça se voit un peu trop, ma chérie...” Elle a ajouté (mine de dégoût) : “De toute façon, il n'est pas pour toi.” Ni pour toi non plus, alors, ai-je pensé. Je finis par la connaître. »

Pour poursuivre ma lecture du journal de Francesca, j'aurais dû tourner la page. J'ai préféré reposer le carnet entre ma tasse et la sienne. Elle l'a laissé sur la table, l'a caressé des doigts. « Je savais que vous vouliez évoquer cette époque avec moi. À cause du nom de votre ami, d'Arezzo. Ottavio. »

Son regard a erré sur la place, sur la grande statue de bronze de Cosme Ier, sur cette somptueuse horreur qu'est la fontaine de Neptune, malgré les naïades, plutôt agréables. « Je tiens beaucoup à ce carnet. Vous voyez, il y a près de sept ans, j'ai été prise dans un incendie. L'asphyxie, le coma. Je suis amnésique... J'ai tout oublié de ma vie durant ces trois mois. Je suis encore en cure... »

Elle a frissonné, repris le carnet, l'a rangé dans son sac, sans précipitation : « Vous savez, toutes ces phrases de mon passé, écrites jour après jour, c'est encore pire que de ne rien en connaître. C'est comme une collection de photographies voilées. Les détails m'égarent plus qu'ils ne me guident. Je songe même parfois que si je revoyais ce Giovanni, je ne le reconnaîtrais pas. »

J'ai presque sursauté.

C'était à moi de parler. J'en étais incapable. Peu à peu, je retrouvais sur son visage les traits qui m'avaient tant touché sur le cliché noir et blanc, l'émotion grandissait en moi. J'ai tourné le café dans la tasse, reposé la cuiller, souillant le bord de la soucoupe. J'ai levé les yeux vers Francesca, posé délicatement un doigt sur son front.

« Ici, vous aviez une minuscule cicatrice, presque effacée. » Elle a entrouvert les lèvres, frappée de stupeur. J'ai frôlé une mèche : « Et puis vous vous êtes teint les cheveux, vous les avez coupés. Je ne vous avais pas reconnue, moi non plus. »

Elle a blêmi, murmuré : « Mon Dieu... », son menton tremblait, j'ai cru qu'elle allait s'évanouir. J'ai touché le bout de ses doigts, ils étaient glacés. Elle a retiré sa main, d'un geste vif : « Qui êtes-vous ? »

J'aurais pu mentir. Je n'ai pas osé. J'ai eu peur qu'un jour la mémoire ne lui revienne, qu'elle me haïsse pour cette supercherie. Peur aussi de ce que j'imagine de l'autre Giovanni, sa beauté, sa jeunesse, peur de ne jamais pouvoir rivaliser. Alors, j'ai simplement répondu : « Je ne suis pas Giovanni d'Arezzo. Mais je l'ai connu. Il y a très longtemps. »

Elle fronçait les sourcils : « Et nous, nous sommes-nous déjà rencontrés ? » J'ai secoué la tête, tiré de ma poche sa photographie. Elle l'a observée, étonnée. « Jusqu'à ce matin, je ne connaissais de vous que ce cliché, et le peu de choses que Giovanni m'a raconté. C'est si vieux, tout cela.

— C'est Giovanni qui veut me revoir ? Pourquoi n'est-il pas venu lui même ? »

J'ai souri, et j'ai parlé, enfin. Les mots coulaient de mes lèvres, fluides, tout devenait simple, logique, en un mot raisonnable. J'ai expliqué le roman, son personnage, le pseudonyme choisi en souvenir de Giovanni, la vieille photographie retrouvée, puis la première parution de recettes dans l'hebdomadaire, enfin l'échange de lettres avec l'autre Giovanni d'Arezzo, mon correspondant.

Francesca a ri quand elle a appris qu'Ottavio était un prénom d'emprunt, et j'ai su qu'elle était amusée, ravie d'être devenu un personnage.

« Et Giovanni d'Arezzo ? Avez-vous des nouvelles de lui ? »

J'ai soutenu que nous nous étions perdus de vue voici des années. Nous n'avions jamais été très liés, mais j'avais malgré tout retenu son nom. Et puis, je me souvenais surtout de lui à cause de cette photographie. Il me l'avait un jour donnée, m'avait demandé de confirmer qu'elle était belle.

Je suis resté un instant silencieux.

« Et vous avez confirmé ? » Francesca avait envie de rire, ses yeux brillaient de gaieté. J'ai simplement répondu : « Je n'ai jamais jeté cette photographie… » et je me suis tu un instant. Puis, j'ai demandé : « Voulez-vous que j'essaie de savoir ce que Giovanni est devenu ? »

Elle a secoué la tête, en souriant. « Non. Vraiment pas. Je ne crois pas que nous étions faits l'un pour l'autre. »

J'ai moi aussi souri : « Je crois que vous avez raison. »

Nous sommes restés à bavarder. Je restais quelques jours à Florence, je l'ai invité à déjeuner, ou même à dîner un soir, si elle était disponible, bien sûr. Elle a poussé un petit soupir de regret. Elle devait partir quelques jours chez sa mère, à Rome. J'ai laissé mon adresse, elle pas. Elle a seulement promis un nouveau rendez-vous, qu'elle a fixé d'elle-même dans trois semaines précisément : « Même heure, même endroit, le 5. Il faut bien faire vivre un peu le personnage du roman. »

Et quand elle est partie, elle m'a embrassé, sur la joue, avec, je crois, une certaine tendresse.

*

Florence, le…

Caro Giovanni
(ou dois-je t'appeler Ottavio ?)

J'ai revu Francesca, enfin. Elle a surgi au milieu de la place, c'était comme une apparition, au milieu de cette foule venue admirer le palais de la Seigneurie, la statue de Judith tranchant la tête d'Holopherne.

Je ne l'ai pas reconnue, d'abord, avec ses cheveux coupés très court et teints en blond. Mais son visage est toujours aussi pur, aussi radieux. Elle t'a cherché des yeux, son regard a croisé le mien, j'ai souri, me suis levé, suis allé vers elle. « Francesca Piana ? » Elle a hoché la tête, sans comprendre pourquoi j'étais au lieu de toi, et nous nous sommes assis.

Si tu savais comme mon cœur battait. Elle était là, devant moi, et j'étais incapable de la moindre parole. Et elle, elle ne me reconnaissait pas. C'est quand elle a parlé que j'ai compris.

Giovanni, c'est terrible : voilà huit ans, à la suite d'un incendie, elle est tombée dans le coma, toute une période de sa vie a disparu de sa mémoire. Elle conserve son journal de jeune fille comme la seule trace de ce passé, elle y parle de nous, et je n'ai pas eu le cœur de lui dire qui j'étais.

Cela a été plus fort que moi, j'ai retrouvé la même tendresse qu'autrefois. Ne te moque pas, Giovanni, de cet aveu. Je veux, cette fois-ci, l'aimer et qu'elle m'aime sous mon vrai nom. Si tu venais à la croiser – la vie est parfois si bizarre – n'évoque pas avec elle le passé, ne lui parle pas du jeune d'Arezzo que j'ai été. J'ai parlé de lui comme s'il était un ami d'autrefois, dont je ne sais plus rien. Elle ne tient – heureusement – pas à le revoir, elle dit qu'il n'était pas fait pour elle. Une raison de plus pour le faire disparaître…

J'ai décidé de rentrer à Paris aujourd'hui même. Rester à Florence ne me ferait aucun bien, et Francesca doit s'absenter quelques jours. Ou peut-être irai-je visiter des amis à Naples. Je me vois donc dans l'impossibilité de me trouver demain à ton rendez-vous. Je te laisse cette lettre à ta boîte postale et une copie au restaurant, afin que tu ne m'y attendes pas en vain. Je t'écrirai dès mon retour à Paris.

Je t'embrasse, avec affection.

Ton Giovanni

*

Carnet de l'auteur :

Je suis rentré ce matin d'Italie, encore un peu fiévreux. Une longue semaine de vacances à Naples, chez les Grimaldi, presqu'entièrement passée au lit, malade. La pauvre Caterina n'a guère dû être enchantée d'accueillir un tel hôte.

Mon appartement a été cambriolé, vraisemblablement dans la nuit où je prenais le train pour Florence. La porte a été ouverte proprement, sans véritable effraction, mais on a laissé la porte ouverte. Le forfait a été découvert le lendemain vers midi, à l'heure même où je prenais froid au Caffè Rivoire en attendant Francesca. Tout a été fouillé, mis sens dessus dessous, mais rien n'a disparu. On cherchait quelque chose qu'on aura pas trouvé. J'ai même trouvé un verre de whisky entamé, comme si mon cambrioleur s'était installé confortablement, pour lire mon courrier personnel, mes vieux carnets, certains de mes livres même.

L'inspecteur de police m'a demandé si j'avais des soupçons, qui, parmi mes connaissances, savait que je devais m'absenter de Paris pour quelques jours. N'importe qui, en réalité : j'avais indiqué sur le répondeur mon numéro de téléphone à Florence. « Tss… À ne jamais faire… » a soupiré le policier, blasé.

J'ai songé un instant que l'affaire avait un rapport avec ma *Vita nuova*. Mais je l'avais emportée avec moi, et je vois mal Jean ou l'un de mes correspondants venir forcer ma porte à la recherche d'un quelconque secret. De plus, j'ai reçu de nouvelles lettres d'eux. Toutes postées d'Italie, même si ça ne prouve rien.

Sur le répondeur, un message de Jean, qui souhaite me rencontrer au plus vite. Il a découvert des rapports intéressants en mesurant les distances entre les personnages du tableau.

*

Le…, Bologne.

Cher monsieur d'Arezzo,

Encore une lettre de votre vieil ami bolognais. Vous ne croyiez pas si bien dire en parlant du trésor des chevaliers. Écoutez cela : Luca a fait une stupéfiante découverte à la bibliothèque d'art de la Renaissance, où il passe ses journées ces temps-ci. Il s'agit d'une lettre de Filipo Cartucci à Véronèse, où il lui parle des *Noces de Cana*. Filipo Cartucci est le père du sculpteur Andrea Cartucci, que vous connaissez peut-être sous le nom de Santinello. Il semble, quoique Luca n'en ait trouvé trace nulle part, que Filipo ait été l'époux d'une cousine de Véronèse, Angelina Caliari. Son fils, Andrea, avait alors onze ou douze ans.

Luca me l'a traduit en italien moderne, car la version originale est un cocktail indigeste de différents patois toscans. Voici le texte. Il est daté du3 janvier 1562, l'année où Véronèse entame notre tableau pour le compte du monastère de San Giorgio Maggiore :

« Cher cousin et ami, très cher Paolo,

Je voudrais te remercier une nouvelle fois de la gentillesse que tu nous as témoignée lors de ta dernière visite à Florence, voici trois mois.

Ces dernières semaines, hélas, le sort ne nous a guère épargnés.

Tu le sais, le Seigneur, dans sa miséricorde, a rappelé à lui ta cousine, la pauvre Angelina, et mis fin à ses longues souffrances. Andrea et moi l'avons portée en terre le jour de la Sainte Noël, et mon fils, dans cette épreuve, s'est montré très courageux, malgré son jeune âge. Ta présence réconfortante nous a manqué, mais nous savons que tu n'as pu être averti en temps.

Je ne souhaite pas garder l'enfant auprès de moi, en ces temps de douloureux veuvage. Je serais pour lui un trop triste compagnon, toujours prêt de pleurer comme une femme. Et puis, trop d'objets ici le rattachent au souvenir de sa mère et sans doute serait-il préférable qu'il quitte Florence pour un an, peut-être deux. Il est temps pour lui de dire adieu à son enfance.

Accepterais-tu de le prendre comme aide et apprenti ? Je sais combien tu travailles pour le monastère, comme me l'a dit Antonio Scrochetti, qui séjourne sous notre toit en cette fin d'année. Tu serais, bien évidemment, dédommagé de tous les frais engagés pour Andrea, nourriture, logement, blanchissage.

Je profite de ce courrier pour te parler de cette affaire de la Toison. J'ai revu hier notre ami de Casalmaggiore, qui craint le retour des hérétiques, et se charge de tenir en lieu sûr les fonds de l'Ordre en Toscane. Des précisions te parviendront par la voie habituelle. De plus, Antonio te suggère le respect de certaines proportions dans cette commande que son frère t'a passée, et souhaite y voir représentés certains membres de l'Ordre. Je ne sais rien de plus, mais lui-même t'en entretiendra de vive voix, dès son retour à Venise.

Je serai heureux de recevoir des nouvelles de toi, dès que possible. Andrea t'embrasse tendrement. »

Dès qu'il a eu fini cette lettre, Luca a été comme pris de folie. Il a couru chez moi, et, bien qu'hors d'haleine, m'a noyé sous un déluge de questions. Je vous les transmets ici. Posséderiez-vous d'autres informations que ces annotations de Scrochetti ? Avez-vous tenté de déchiffrer la parabole sur la pierre philosophale ? Connaissez-vous l'identité des personnages représentés sur le tableau ? Parmi les membres de l'Ordre en 1561, on compte beaucoup de partisans du roi de France et du duc de Bourgogne, mais Luca a retrouvé un chevalier d'origine florentine, répondant au nom de Carlo di Lorena. Ce nom vous évoque-t-il quelque chose ?

Hier, Luca s'est rendu à Casalmaggiore, en voiture (il n'a plus sa Topolino depuis longtemps). Le nom de cette petite ville lui semblait revenir trop souvent dans notre aventure pour qu'elle ne mérite pas une petite visite. Je vous joins une carte postale qu'il m'a envoyée de là-bas.

Avant-hier soir, j'ai reçu une visite de mon fils, Cosme, dont je vous ai déjà parlé. Il est venu sans sa femme ni ses enfants, et j'ai ouvert une bonne bouteille de vin des Pouilles pour le repas. Quand Anna est partie – elle joue souvent aux cartes le soir avec des amis –, nous sommes allés jusqu'à la cuisine. Nous voulions seulement ranger les verres, les assiettes, mais nous avons parlé, longuement, comme père et fils. Ne trouvez-vous pas que les cuisines favorisent toujours l'intimité, peut-être à cause des odeurs, ou de la chaleur familière des objets ? L'entreprise où il est employé – il est technicien – est en liquidation, elle va bientôt fermer. Il aura bientôt quarante ans, et ce sera dur de retrouver du travail. Alors, il va sans doute devoir déménager à Turin, ou à Milan.

Et puis soudain, au milieu d'une phrase, sa voix s'est brisée. Il a cessé de parler, et il n'y a plus eu entre nous que le bruit des tramways, dehors. Il a bu une gorgée de vin, en silence, et j'ai retrouvé mon petit Cosme, celui qui, à dix ans, se taisait parfois pour ne pas pleurer, la gorge nouée par un désespoir d'enfant. J'ai posé ma main sur la sienne, l'ai serrée, mais il l'a retirée, s'est levé. Il a marché jusqu'à la fenêtre, écarté d'une main le rideau. La nuit était tombée sur la ville et les étincelles bleues des roues des tramways faisaient clignoter faiblement les façades. « Je ne te l'ai jamais dit, papa, mais j'ai une amie. » Je l'ai regardé sans comprendre, il a repris : « Une amie, une autre femme. »

C'était pour moi comme le choc de la foudre, j'ai pensé à ses enfants, à sa femme, à toute la douleur. Ses yeux étaient toujours posés sur l'*autostrade*, qui passe au loin. Je me suis levé moi aussi, je me suis adossé au grand buffet. L'*autostrade* était un spectacle reposant, avec ses phares rouges et blancs, un peu comme celui d'un aquarium, avec ses bancs de poissons néons, d'un turquoise électrique, qui se glissent entre les algues et les roches. Le profil de Cosme se reflétait dans la vitre, et les lumières des voitures sur l'*autostrade* entraient et sortaient de sa bouche, lentement, comme les mots silencieux de phrases qu'il n'aurait pas prononcées.

Il a dit encore : « C'est pour ça que c'est dur de partir. Et aussi pour les camarades, à l'usine. » J'ai demandé si Giuletta savait, pour l'autre femme, il a secoué la tête : « Elle ne comprendrait pas. Nous sommes heureux. » J'ai murmuré, presque pour moi-même : « Alors, pourquoi, Cosme, pourquoi ? » Il a haussé les épaules, s'est tourné, et tout le flux de l'*autostrade* pénétrait maintenant dans une oreille et s'échappait par l'autre. « Je ne sais pas... Pour l'émotion, la solitude. Avec elle, j'échappe à tout ce que je suis. C'est une autre forme de bonheur. Oui, c'est ça, il a répété, une autre forme de bonheur... »

Je ne sais pas pourquoi je vous parle de tout cela. Peut-être parce que je n'ose pas en discuter avec Anna, ou parce que vous devez avoir l'âge de mon Cosme, que vous pouvez comprendre.

Pardonnez-moi la tristesse de cette fin de lettre.

Je vous embrasse avec affection.

Giovanni Darezzo

P.-S. : Je me permets de vous adresser la recette des *tagliatelle* vertes au spek, cette fois-ci « à la manière de », comme on dit en France. Vous ne serez pas offusqué, j'espère, que je me sois permis d'imiter votre style et de vous emprunter vos personnages pour affirmer des opinions « collectivistes » que vous trouverez sans doute quelque peu passéistes. C'est Luca qui m'a suggéré cette idée, et je l'ai trouvée si amusante que je me suis aussitôt attelé à la tâche. Voilà ce que cela donne. J'ai même respecté les longueurs qui vous sont imposées, de deux mille caractères (je les ai comptés).

*

La grève à la Teledison

Du balcon de Suzanna, la via San Pietro s'agitait comme une mer écarlate, avec ces dizaines de drapeaux rouges qui claquaient dans le soleil. Suzanna s'était penchée elle aussi pour mieux voir, et tout en écrasant deux gousses d'ail dans une assiette, elle cherchait du regard ses deux frères Cosme et Alfredo dans cette foule d'ouvriers habillés en dimanche.

Mais on ne distinguait rien, sauf un immense portrait peint sur une banderole blanche, un visage fin d'homme jeune, avec des lunettes d'argent, des cheveux bruns et drus. Suzanna a jeté l'ail dans une poêle avec de la crème, les *tagliatelle* vertes dans l'eau bouillante, et commencé à découper en lanières ce jambon cru de la montagne qu'on appelait le spek, je n'ai jamais su pourquoi. Les chants résonnaient dans la cour, on entendait seulement des bribes, mais je reconnaissais « *Bandiera rossa* », un air que Cosme m'avait appris, et aussi les couinements stridents de haut-parleurs mal réglés. C'était la grève à la Teledison.

La Teledison, c'était la plus grande entreprise de la ville. L'usine fabriquait des postes de radio et aussi, depuis peu, de télévision. Les affaires ne devaient plus trop bien marcher, et la direction avait licencié des centaines d'ouvriers, surtout ceux du syndicat, m'avait dit Cosme.

Suzanna a ajouté du poivre et de la noix de muscade dans la sauce, qui réduisait doucement. Je me souviens que je lui ai dit : « Quand je serai grand, je serai comme Cosme », et qu'elle a souri. « Comme Cosme », ça voulait dire tant de choses à la fois : avoir vingt ans, la fierté d'être ouvrier et au Parti, plaire aux filles, s'appeler « camarade », se battre contre l'injustice…

Et ce matin, le journal disait que la Teledison allait fermer. « Erreurs de gestion », « contraction du marché. » Plus loin, d'autres articles évoquaient l'effondrement convulsif des dictatures de l'Est. J'ai revu les yeux de Cosme lorsqu'il parlait du socialisme, ces drapeaux rouges couleur d'espoir, et j'ai pensé à tous ces rêves de lendemains meilleurs, brisés pour longtemps.

Giovanni Darezzo

(mais vous pourrez signer d'Arezzo, bien entendu)

*

Florence, le…

Carissimo Giovanni,

Comme je suis heureux et malheureux pour toi. Je t'ai imaginé, redécouvrant cette si jolie femme de ton passé, et ton désarroi aussi.

L'amnésie…

Il m'est revenu en te lisant un ancien cauchemar, qu'il m'arrivait de faire lorsque j'avais vingt ans. Je m'endormais avec mon visage jeune, ma peau sans ride, et au matin, tout mon corps avait quarante ans, pire encore, ces quarante ans apocalyptiques que l'on s'imagine à vingt ans. En une nuit, mes chairs s'étaient affaissées, mes yeux étaient plus gris, mes cheveux épars sur mon crâne. J'étais l'hôte d'un corps sénile, comme à l'éveil d'un long coma. Le rêve était affreux, parce que c'était comme un rêve dans le rêve, et que mon réveil avait l'apparence de la réalité.

Cette terreur alors m'éveillait tout à fait, parfois même des larmes coulaient sur mes joues, je pleurais toutes ces années manquant à l'appel. Ce n'est pas une vraie amnésie, puisque je savais que le souvenir de ces vingt années n'était pas englouti. Elles n'avaient simplement jamais été vécues.

Depuis, j'ai presque vécu vingt ans, et je me souviens de chaque instant disparu. Étrangement, ce cauchemar ne me hante plus. Pourtant, n'est-ce pas plus ignoble encore, ces vingt ans irrémédiablement écoulés, avec leur foule de souvenirs ? D'où me vient cette résignation, pourquoi, au réveil, le désespoir ne m'étreint-il plus ?

C'est de là aussi, je crois, que me vient ma terreur de l'amnésie. Car si, en m'endormant, j'oubliais tout de ma journée, où serait la différence avec la vraie mort ? Cet homme qui s'éveillerait le lendemain, vidé de ses souvenirs comme un poisson de ses viscères, ce ne serait plus moi. Mon moi d'hier aurait sombré corps et biens avec son passé. Parfois le matin, je tente de revivre chaque moment du jour précédent, pas seulement les instants forts, non, aussi les petites choses sans importance. L'amertume de cette bière sombre irlandaise, goûtée le midi avec des amis, le nom de ce champion noir américain qui a battu le record du cent mètres, le regard embué de ce vieux monsieur en gris, dans le bus 125, qui m'emmène vers le centre. Tu sais, comme cet écrivain français, qui a fait tout un livre avec ses « Je me souviens… »

C'est pourquoi je plains tant Francesca, avec ces jours de printemps volés pour toujours à sa jeunesse. Tu as eu raison de lui cacher que tu leur appartenais. Si tu avais avoué, tu serais devenu pour elle la face obscure de sa propre mort.

Crois bien que je suis désolé que tu n'aies pas pu rester à Florence et dîner avec nous (c'est-à-dire moi et ma compagne).

Reçois malgré tout mes amitiés, et les siennes.

Giovanni d'Arezzo

*

Pénitencier central de Pise, le…
(lettre traduite de l'italien)

Cher monsieur d'Arezzo,

J'ai une grande nouvelle à vous annoncer. Je la connais depuis ce matin : je vais sortir de prison, dans un mois ou deux. Mon avocat a obtenu pour moi une remise de peine. Ce sera presque le printemps.

Je ne sais pas encore ce que je vais faire de toute cette liberté. Sûrement, je vais continuer les études de mécanique que j'ai débuté ici. Apprendre bien le français, et peut-être, j'irai travailler en France. Ou encore je deviendrai enseignant dans un collège ici, pour former des élèves à travailler dans les garages. Mais je crois que ce n'est pas possible avec un casier judiciaire. Je vais me renseigner.

Je vais aussi aller voir mes parents. Je vous ai dit, je crois, ma mère travaille la nuit dans une station-service, peut-être, il y aura un emploi pour moi. Je ferai les vidanges, je nettoierai les vitres des voitures, et quand je verrai les motos garées devant la cafétéria, je ne penserai plus à l'accident devant la banque et à Francesca Piana.

Je serais content de vous rencontrer, pour vous dire le service que vous m'avez rendu. Bien sûr, pour vous, c'était facile de m'écrire, vous pouviez le faire après le cinéma, avant le dîner, c'était une chose parmi des milliers d'autres. Mais ici, quand votre lettre arrivait, avec l'hebdomadaire français, c'était un événement.

Je la lisais à tous les copains de la cellule, et on parlait des heures de la vraie vie, c'était comme si vous étiez dans la pièce. Je traduisais comme je pouvais les articles, en commençant par le vôtre. La dernière fois, vous racontiez dans le journal l'histoire de la montre étanche, et ça m'a rappelé une histoire de mon enfance, dont je me souviens comme d'hier.

J'ai un grand frère, il s'appelle Vincente, mais il voulait toujours qu'on l'appelle Vince, parce que ça faisait rocker américain. Aujourd'hui, il travaille à Naples, s'il avait su qu'il tiendrait un magasin de plantes vertes… Un jour, je devais avoir six ou sept ans, il est arrivé dans la cuisine, où j'étais avec ma mère, et il m'a tendu un sachet de plastique juste au niveau des yeux. « Regarde comme il est mignon, il a dit, le marchand m'a dit que c'était un… attends… » Il ne se souvenait pas, alors il a tiré un bout de carton de sa poche et il a lu : « Voilà… Un *carassius auratus.* » Je me souviens encore du nom savant aujourd'hui, c'est idiot, n'est-ce pas ? C'était un simple poisson rouge, mais j'ai répété, tout de même : « Un *carassius auratus* ? » Vince a répété : « Exactement », en vérifiant tout de même sur le carton.

Et puis, il a dit : « Il est très facile à nourrir. Une petite mouche de temps en temps, et il sera très content. » Maman a regardé le petit poisson, et elle m'a demandé : « Comment tu vas l'appeler, Giovanni ? » J'ai réfléchi longtemps, le poisson s'agitait dans le sac transparent et j'ai décidé : « Je vais l'appeler Willy. » Mon grand frère a déballé un beau bocal en verre, il l'a rempli au robinet : « Et voilà le cadeau pour Willy. » Il a fait glisser Willy dans l'aquarium, ajouté de l'eau jusqu'au bord, et Willy s'est mis à tourner en rond très vite, tout heureux.

Alors, Vince a dit : « Regarde, Giovanni », il tenait Willy par la queue, il a fait : « Et hop ! » et il l'a jeté tout vivant dans l'eau bouillante. Moi, je me suis mis à hurler, le petit poisson tourbillonnait dans la casserole. Maman aussi s'est mise à crier, elle a giflé mon frère, qui riait, qui riait. Et alors, j'ai vu Willy qui décrivait toujours des cercles dans le bocal, derrière Vince. Maman a dit, très fâchée : « C'est une plaisanterie idiote, Vincente », elle l'appelait toujours Vincente quand elle était en colère. *« Stupido, stupido. »* Dans la casserole d'eau bouillante, ce qui tournoyait entre les *ditali*, c'était un bout de poivron rouge. Mais moi, j'ai continué à pleurer.

Vous voyez, c'est presqu'une histoire avec laquelle vous pourriez faire une recette dans votre journal, si vous vouliez.

Je vous dis « à bientôt ».

Giovanni d'Arezzo

*

Paris, le…

Cher monsieur Darezzo,

J'ai lu votre lettre avec émotion. Cosme et moi sommes de la même génération, c'est vrai. Vrai aussi que j'aurais pu prononcer sa phrase sur le bonheur, qui vous paraît si étrange. Je crois ne jamais vous avoir vraiment fait de confidences, il est peut-être temps que nous fassions mieux connaissance.

Je ne saurais pas parler pour Cosme, je sais si peu de lui. Mais nous sommes souvent plus proches des autres que nous n'en différons. Peut-être Cosme et moi partageons-nous cette même nostalgie de toutes ces vies que nous ne pourrons jamais vivre ? Permettez-moi de vous conter un de ces petits drames intimes, dont chaque seconde est imprimée en moi. Un de mes amis appelle cela une pièce de puzzle.

C'était il y a cinq ans, par une nuit d'automne, sur une route de montagne. Nous rentrions d'une soirée chez des amis, et Rachel, ma compagne d'alors, conduisait la voiture, dans une de ces averses d'octobre qui n'ont pas de fin. Sa main était sûre, je m'assoupissais, bercé par le chuintement de métronome des balais d'essuie-glaces, par le ronflement du moteur, qui miaulait, rauque et doux, à chaque changement de vitesse. Les yeux de Rachel fixaient la chaussée luisante loin devant. Les ombres vaguement inquiétantes des arbres défilaient dans les phares, les gouttes d'eau glacées filaient vers nous comme une pluie d'étoiles.

Rachel et moi ne parlions pas. Nous vivions la fin de notre histoire, l'ennui semblait s'égrener dans un invisible sablier. Autrefois, nous nous étions inventé un univers intime, un des ces paradis où même les regards et les mots paraissent immaculés. Mais notre île heureuse avait fini par rejoindre le continent, notre complicité cessé de nous surprendre, et l'habitude avait affadi jusqu'à la tendresse des gestes.

Si nous avions eu des enfants, les voir grandir aurait peut-être fait naître un nouveau bonheur. Oui, je crois, nous aurions pu vivre ainsi. Ils auraient dormi derrière nous, sanglés sur les sièges arrière, serrant leurs peluches dans leurs bras, et je les aurai regardés, ému, j'aurais souri, tendu ma main vers Rachel, caressé sa joue. Peut-être.

Pourtant, un jour, ma vie aurait croisé celle d'une autre femme. Comme votre Cosme. Cette femme aurait éveillé en moi une couleur oubliée, ouvert une fenêtre close, elle aurait soufflé sur des braises endormies. C'est pour accomplir toutes ces choses, justement, que je lui aurais laissé le droit d'exister, et elle aurait été la seule à les connaître, parce que toujours, elle m'échapperait, parce que toujours, elle serait neuve.

C'est Rachel qui a brisé le silence. Sa voix était douce, ses paroles pleines d'amertume, entre reproche et regret, tendresse et douleur. À peine avions-nous appris à être cruels que déjà nous étions devenus incapables de nous faire souffrir. Elle parlait pour elle-même, aussi.

Soudain, j'ai cessé de l'écouter. La feuille d'un orme, brune et ocre, s'était collée sur le pare-brise, chahutée de gauche à droite par le ballet des essuie-glaces. Rachel continuait de parler, mais tout mon esprit s'enfuyait ailleurs, vers cette feuille qui, de seconde en seconde, dégringolait vers le no-man's land triangulaire, en bas du pare-brise, où les caoutchoucs rassemblent l'eau de pluie. Chaque phrase que Rachel prononçait semblait se dissoudre dans ces petites rigoles sans cesse mouvantes, et c'était comme si j'étais devenu cette feuille d'automne, maintenant flétrie et immobile, juste au-dessus du tableau de bord, autour de laquelle ses mots coulaient, comme des larmes.

Moi aussi, vous voyez, j'ai du mal à éviter la nostalgie.

Je voudrais aussi vous féliciter pour votre recette. Surtout, ne les envoyez pas au journal, ils risqueraient de vous embaucher. Puisque vous me le proposiez, je me suis autorisé à l'utiliser telle quelle. J'ai insisté pour laisser paraître avec votre nom. Les lecteurs ne s'en apercevront pas. D'ailleurs, ils ne lisent jamais les signatures.

Quant à la Toison d'or et aux *Noces de Cana*, nous sommes évidemment sur la bonne voie. Il est évidemment question d'un trésor caché, celui de l'Ordre en Toscane, et le tableau semble receler un véritable jeu de piste contenant toutes les indications nécessaires à sa découverte. Pour Carlo di Lorena, le nom ne me dit rien du tout. Je vais chercher de mon côté, et je vous envoie ci-joint toutes les informations que j'ai pu collecter.

Je vous embrasse affectueusement.

Giovanni d'Arezzo

*

Carnet de l'auteur :

Affaire incroyable. Cette semaine, le journal a failli publier une recette de pâtes dont je ne suis ni ne connais l'auteur. J'ai appelé immédiatement William, qui m'a assuré que cette recette lui était parvenue d'Italie le surlendemain de mon départ, écrite à la machine. L'enveloppe a été jetée, impossible de retrouver le bureau expéditeur. Nul doute sur son origine ne l'ayant effleuré, il l'avait donnée directement à la composition. J'ai bloqué le texte au film, vraiment au dernier moment.

Quant à la nouvelle elle-même, elle éclaire d'une étrange lumière les événements récents, et je ne puis croire à un tel hasard. Je colle ici le bromure.

*

LE COUVREUR SUR LE TOIT

La silhouette de l'homme se détachait très distinctement sur le bleu du ciel, entre les cheminées et les quelques antennes de télévision.

De loin, avec son sac sur le dos et la corde enroulée autour de son épaule, il ressemblait à « *il Gobbo* », cette marionnette bossue qui joue toujours le méchant. Il a enroulé le filin autour d'une cheminée de briques, et s'est laissé glisser le long du mur, hors de ma vue.

« Qu'est-ce que tu regardes, mon Giovanni ? », a demandé Suzanna. J'allais répondre, mais Suzanna m'a tendu un couteau et quelques feuilles de basilic : « Sois gentil, hache-moi ces feuilles très menu. » Elle a jeté les *tagliatelle* dans l'eau bouillante, et, dans une casserole, fait fondre du beurre, de la crème fraîche, et un gros bout de ricotta.

Soudain, l'homme a surgi de nouveau au milieu des nuages, et j'ai crié : « Suzanna, *guarda*, le monsieur sur le toit… »

C'est à peine si Suzanna a détourné le regard, et elle a dit : « Oui, c'est un *conciatetto*, un couvreur, il répare les gouttières, les plaques de zinc, pour que l'hiver, il ne pleuve pas dans les maisons.

— C'est dangereux, comme métier ? », j'ai demandé, déjà admiratif. Suzanna a hoché la tête en souriant. Alors, j'ai crié : « Youhou, *signor conciatetto*, youhou… »

L'homme s'est tourné vers moi, stupéfait, et il est resté un moment interdit. Puis, il a eu un large sourire, et il m'a fait un grand geste de la main, très gentiment, avant de charger son sac sur son dos et de disparaître. Suzanna a passé sa main dans mes cheveux, amusée, et elle a ajouté la muscade et le basilic dans la casserole.

Elle a égoutté les *tagliatelle*, les a versées dans un saladier et mélangées avec la sauce. Et cette nuit-là, j'ai rêvé que moi aussi, je courais sur les toits gris baignés de soleil, à la recherche de brèches à colmater, de fissures à souder.

Mais je ne crois pas que je ferai le même métier que le monsieur, parce que le lendemain, Suzanna a appris que M. Robbia, qui habite l'immeuble d'en face, au dernier étage, avait été cambriolé.

Giovanni d'Arezzo

Évidemment, l'auteur de cette recette ne saurait être que l'un de mes Giovanni. Il est sans doute aussi celui du cambriolage, en tout cas le commanditaire. Lequel ? Pas le prisonnier, bien sûr. Peut-être mon anonyme, ou pourquoi pas le vieux retraité, mieux encore, son ami. Il s'est si bien tiré de la première recette qu'il aura voulu renouveler son exploit. Luca aura suggéré la trame de l'histoire, avec une ironie certaine. Son voyage à Casalmaggiore n'aura été qu'un aller-retour à Paris. Mais, deux vieillards… C'est absurde…

On dit que les mystificateurs sont souvent si immodestes qu'ils commettent des erreurs grossières. Ils sont ainsi capables, par provocation, de glisser des fragments de réalité dans leur fiction, et que c'est ainsi qu'ils se font prendre. J'ai donc cherché dans les annuaires de Florence et de Bologne le nom de Robbia, sans trouver un seul indice.

Dernière chose, sans doute sans importance, mais tout de même curieuse. En faisant l'inventaire après le cambriolage, je me suis aperçu qu'un vase de Chine bleu a disparu. Il n'avait aucune valeur, c'était une de ces imitations que l'on trouve à Hong Kong.

*

Paris, le...

Cher monsieur Darezzo,

Je vous adresse cette nouvelle lettre sans attendre votre réponse à la précédente. J'ai en effet découvert un fait stupéfiant. La carte postale de Luca, que vous m'avez postée, montre l'église Santa Teresa, à Casalmaggiore, vue de face. Or, cette église est la même que celle que l'on aperçoit au second plan sur *Les Noces de Cana*. Dans le tableau de Véronèse, seul le clocher est visible, mais chaque détail y est exactement reproduit, les quatre plateaux d'élévation successifs qui soutiennent les cloches, l'arrondi des arches de soutien romanes, jusqu'aux tuiles rondes du chapiteau pointu, et, bien sûr, l'absence étonnante de croix chrétienne à son sommet.

Il ne peut s'agir d'une coïncidence, d'autant que selon le restaurateur du tableau, le style de cet édifice est un anachronisme frappant dans ce décor antique. Ce n'est pas le seul dans cette toile, il est vrai.

Pourriez-vous donc vous renseigner, vous ou Luca, sur la date exacte de la construction de cette église ? Sur l'envers de la carte est imprimé : « XIIIe siècle », mais cette légende est tout à fait insuffisante. Je pense qu'une partie importante du secret pourrait être cachée à Santa Teresa.

Enfin, votre recette est parue ce matin dans le journal et je me permets de vous joindre cinq numéros de l'hebdomadaire. Les correcteurs ont laissé passer l'« erreur » sur la signature, la recette est donc vraiment signée de votre nom.

Une autre question, pour votre femme Anna, cette fois. Connaîtrait-elle la recette des *tagliatelle* au Mont-Blanc ?

Avec mon amitié.

Giovanni d'Arezzo

*

Carnet de l'auteur :

Travaillé avec Jean (et Laure, qui a insisté pour venir déjeuner avec nous) sur le décryptage possible des annotations de Scrochetti, et surtout sur trois phrases : « Compte trois colonnes. Observe la coupe, l'arc et le pinceau. Pierre, Paul et Judas, où est la raison ? »

Pour la dernière phrase, déjà. L'apôtre Pierre, sur le tableau, est à la droite de Jésus, Paul et Judas à sa gauche. Jean a joint par une ligne les quatre personnages, pris Jésus comme origine, et donné à la distance Jésus-Pierre la valeur 1.

Paul	Judas	Jésus	Pierre
○	○	○	○

Dans ces conditions, Paul se trouve au point moins 3, et Judas au point moins 1. Le centre des personnages a été fixé entre leurs yeux. Le rapport Pierre-Paul sur Pierre-Judas vaudrait alors tout bonnement deux.

Mais Judas étant à mi-distance de Pierre et de Paul, tout comme Jésus de Judas et Pierre, on peut s'interroger. Pourquoi ce trio Judas-Jésus-Pierre n'a-t-il pas été préféré ? Aussi, pense Jean, Jésus, qui n'est pas mentionné, doit jouer un rôle caché.

On pourrait en effet prendre le produit des distances Jésus-Pierre, Jésus-Paul, et Jésus-Judas. Dans ce cas, on obtient (+1) x (-1) x (-3), soit trois. Ou moins trois, si la direction négative est choisie dans le sens de Pierre. Quoique, m'a fait remarquer Jean, ce concept de nombre négatif est bien compliqué pour un quidam du XVIe siècle.

En partant de Jésus, enfin, on doit parcourir une unité pour aller vers Pierre, deux pour aller de Pierre à Judas, deux autres pour aller jusqu'à Paul. D'où un, moins deux, moins deux. Inutile de préciser que Laure, Jean et moi avons trouvé d'autres raisonnements, tout aussi logiques, calculant par exemple chaque distance en pied, en respectant la mesure du pied en 1563. Ces démarches aboutissent à d'autres valeurs, tout aussi intéressantes, qui ne font que rendre le problème plus inextricable.

Sur « Observe la coupe, l'arc et le pinceau », nous avouons ne pas avoir la moindre idée. Une dizaine de coupes sont présentes sur la table, pour plus de vingt convives. Pour laquelle se décider ? D'arc, il n'en est pas, et nul archer n'est visible sur le tableau. Quant au pinceau, c'est sans doute de celui de Véronèse lui-même qu'il est question, car on n'en dénombre pas.

Enfin, « Compte trois colonnes. » Quatre monuments, deux à gauche et deux à droite, encadrent le repas. Chacun comporte justement trois colonnes frontales. On peut donc compter quatre fois « trois colonnes ». Mais à regarder la toile avec plus d'attention, les premières colonnes des édifices les plus proches de l'observateur ne sont représentées qu'à moitié, en raison de l'effet de perspective qui les coupe sur leur largeur. Éliminons-les et il ne reste plus que deux édifices, dont l'un laisse apercevoir une quatrième colonne, en arrière plan, cachée derrière les trois autres. Il ne resterait plus donc qu'un temple, à gauche du tableau, encadré par des statues équestres. L'une d'elle ressemble, vaguement, à la statue de Cosme Ier, à Florence, piazza della Signoria. « Effectivement, il s'agit là aussi, sans contestation possible, d'un cavalier sur un cheval », m'a concédé Laure en riant de moi. Jean aussi a fait un peu d'ironie.

Autre solution encore : que cette indication fasse référence à un dernier monument, dont on n'aperçoit que le clocher au milieu de la toile. Car sur la carte postale de Luca, on voit que le fronton de l'église Santa Teresa est aussi composé de trois colonnes, qui soutiennent un mur de pierres blanches.

*

Paris, le…

Cher Giovanni,

Ta lettre m'attendait à Paris depuis quelques jours. J'ai quitté Florence pour Naples, où j'ai des amis, et suis resté une semaine. De retour ici, j'ai eu une désagréable surprise : mon domicile, en mon absence, a été cambriolé. Ou plutôt visité, puisque rien n'a été dérobé. Deux jours après, je me rends au journal. J'y découvre une recette de pâtes, dont le thème de l'histoire est – tu n'y croiras pas – le cambriolage. Dois-je te l'avouer, je t'ai soupçonné du délit, sans deviner pourtant quel aurait été ton mobile.

J'ai songé à ton cauchemar aussi, à l'horreur blanche de ces années qui s'envolent en une nuit. Je pense à ces vieux hommes, dont on dit qu'ils « ont été ». Ce souvenir du temps où ils « étaient » est devenu leur trésor caché, au crépuscule de leur vie. Avoir été console-t-il jamais de ne plus être ? Je n'ai pas plus de réponses que les philosophes, mon ami.

Je serai de nouveau à Florence dans deux semaines. Cette fois-ci, ton rendez-vous à la Trattoria Mazzini tient. J'y serai, peut-être même avec Francesca.

Je t'embrasse.

Giovanni d'Arezzo

*

Pénitencier central de Pises, le…
(lettre traduite de l'italien)

Cher monsieur d'Arezzo,

Pardonnez-moi de vous envoyer déjà une troisième lettre aussi vite, mais un événement incroyable vient de se produire. J'ai reçu une lettre de Francesca Piana ce matin. Je vous la recopie ici intégralement. Pardonnez mon écriture, l'émotion, je tremble.

« Cher Giovanni, j'imagine ton regard étonné. Tu n'as pas reconnu l'écriture sur l'enveloppe, tu as dû tout de suite regarder la signature, et le prénom de Francesca n'a rien dû évoquer pour toi. Comment t'en vouloir, après tout ce temps ?

Mon nom est Piana, comme la plaine. Voici plusieurs années, lorsque j'étais à l'université, nous avons été, comment le dire en échappant au ridicule des mots piégés ?… amants. Après un accident, j'ai perdu toute mémoire de ces quelques mois où nous fûmes ensemble. Il ne me reste qu'un de ces journaux d'adolescentes. Ton prénom y revient, de page en page, associé à bien des mots tendres. Mais les images refusent de ressurgir du passé. Aussi, lorsqu'au début de cette lettre, j'évoquais l'étonnement dans ton regard, le mot "imaginer" était bien choisi, car j'ignore jusqu'à la couleur de tes yeux. Je ne l'ai pas précisée dans mon carnet.

Mes médecins m'ont déconseillé de me confronter à mon passé. L'exercice, m'ont-ils dit, est dangereux, très déstabilisant. J'ai décidé néanmoins aujourd'hui de passer outre. Si j'ai trouvé ce courage, c'est grâce à une rencontre étonnante avec un homme qui t'a connu, voici des années, et à qui tu as laissé une photographie de moi. Je te l'ai donnée il y a longtemps.

J'ai retrouvé dans un bottin plusieurs fois ton nom. Une des adresses était située dans le vieux quartier de la gare. L'endroit correspondait à la description du carnet, et j'ai sonné à ta porte. Ta sœur était là, c'est elle qui m'a parlé du pénitencier. À la bibliothèque, j'ai retrouvé les journaux de cette époque : vol à main armé, complicité de tentative d'homicide volontaire. Vraiment, Giovanni ? Mais bientôt, ton avocat me l'a dit, tu seras libéré pour bonne conduite.

Giovanni, je suis persuadée que te revoir (te voir, au cas où ce choc serait sans effet) ne peut me causer aucun mal. Si de ton côté, la visite d'un passé oublié t'amuse, réponds-moi.

Reçois par anticipation les étranges amitiés d'une amnésique.

Francesca. »

Voilà, la lettre est finie. Il y a un post-scriptum un petit peu personnel, où elle se moque de moi, à cause d'une de mes réflexions, qu'elle avait notée dans son carnet. C'est un peu intime, mais je peux bien vous le raconter : je lui avait dit que Piana, pour plaine, ça ne lui allait pas, vous imaginez pourquoi.

Mais il y a beaucoup de choses que je ne comprends pas. Cette histoire de photographie, par exemple. Je n'ai jamais donné sa photo à personne, sauf à vous, et ce n'est pas il y a quelques années. Est-ce vous qu'elle a rencontré ? Comment avez-vous fait pour la retrouver ? La lettre a été postée au moment où ma dernière lettre vous parvenait, où vous avez appris que je devais sortir. Est-ce que vous lui avez demandé de me rendre visite ? Je le crois.

Si je ne me suis pas trompé, je ne sais pas comment vous remercier. Je vais lui répondre, accepter sa demande. Que pensez-vous que je doive lui dire ? Répondez-moi vite, s'il vous plaît. Merci d'avance.

En attendant, j'ai demandé à mon frère qu'il lui envoie des fleurs. Les filles, elles aiment toujours les fleurs.

Je vous envoie mes amitiés.

Giovanni d'Arezzo

P.-S. : Je voulais vous demander encore une chose. Si vous l'avez rencontrée, vous saurez répondre. Est-ce que Francesca est toujours aussi jolie ?

*

Carnet de l'auteur :

La nuit tombe sur Paris. La lune est cachée et pourtant il fait presque clair, les nuages translucides boivent les couleurs vives de la ville et renvoient une lumière opaline. À Pise, bientôt, Francesca et Giovanni vont se revoir, se reconnaître, peut-être. J'ai l'impression d'un abîme qui s'ouvre autour de moi, d'une punition aussi, d'une revanche.

J'ai relu les lettres oubliées, que mon cambrioleur a ouvertes et violées. J'ai retrouvé la même phrase dans deux lettres, envoyées à deux femmes à quelques années de distance. J'écrivais : « Je suis un homme sans garantie, un homme de compromis, qui aimerait croire à l'absolu. » Serais-je le même avec Francesca, aurait-elle pu me faire changer ?

Ce matin, Laure a plié les quelques vêtements qui lui restaient chez moi, les a jetés dans une valise. Elle a aussi décollé son nom scotché sous la sonnette, jeté le bout de papier dans la cuvette des W.-C. Et elle a dit, avec une violence froide que je ne lui connaissais pas : « Faire l'amour avec quelqu'un qu'on aime pas, c'est une perte de temps. Tu ne crois pas ? Ne perdons plus notre temps. Je… » Elle voulait ajouter un mot, peut-être, mais elle a dû juger inutile de s'emporter, ou simplement de s'expliquer. Elle n'a même pas claqué la porte.

*

Paris, le…

Cher Giovanni,

Je t'envoie cette lettre en exprès, sitôt reçu la dernière des tiennes (j'ai bien reçu les deux précédentes). Tu l'as deviné, j'ai bien rencontré Francesca. J'ai demandé à un de mes amis de mener l'enquête, dès que j'ai su que tu allais sortir de prison. Je voulais t'aider à transformer ta vie, et j'ai pensé qu'avec cette femme, peut-être, tu y parviendrais.

Francesca m'a demandé pourquoi j'avais organisé ce rendez-vous entre elle et moi, pourquoi tant de mystères. Comprends-moi, Giovanni, je ne voulais pas lui avouer que tu étais en prison. Je voulais savoir si elle songeait encore à toi, si l'idée de vous revoir un jour avait un sens. J'ai relu plusieurs fois les mots de sa lettre. Je suis désormais certain qu'il est dangereux de faire revivre le passé, pour vous deux. Pour elle, parce que ses médecins ont raison, le choc pourrait lui être trop violent. Pour toi, parce que la distance entre vous a grandi encore depuis que vous vous êtes quittés. Mais je ne veux pas t'influencer.

Je dois t'écrire aussi que j'ai dû inventer une histoire saugrenue de roman, dont elle serait le personnage central. J'ai aussi dit que j'avais fait ta connaissance voici plusieurs années, qu'à cette époque tu m'avais parlé d'elle et m'avais confié sa photographie. Je ne voulais pas qu'elle te soupçonne de m'avoir confié la tâche de la rechercher. Elle croit donc que nous ne nous sommes pas revus depuis. Mieux vaut sans doute ne pas lui avouer la vérité tout de suite.

Tu m'as aussi demandé si Francesca était aussi jolie. Pas autant que sur la photographie (elle était si jeune), mais elle a ce charme des jeunes femmes qui suivent la mode.

La tragédie de Tito et de Lucia m'a beaucoup ému, peut-être parce qu'elle a réveillé en moi un drame très ancien, familial, gris et lourd comme celui des Atrides, de la couleur des yeux de mon oncle Fabrice.

Oncle Fabrice était paralysé. Nous ne le voyions qu'à Noël, ou parfois aux enterrements auxquels j'étais contraint d'assister. Il n'était qu'une paire de pupilles mouvantes, enchâssées dans un masque immobile. Cette tête, flasque et pourtant fixe et raide, semblait vissée sur un corps gras inerte, lui-même coincé dans un fauteuil roulant. Oncle Fabrice m'apparaissait ainsi comme une succession monstrueuse de chairs mortes encastrées les unes dans les autres, comme un cadavre gigogne, avec tout au bout, comme les orbites globuleuses d'un crapaud enfoui dans la boue, ces iris gris souris qui s'agitaient sans cesse.

À nous les enfants, on disait toujours : « Dis bonjour à Fabrice », ou « Dis bonjour à ton oncle. » Il fallait alors se pencher vers cette joue molle pour y déposer un baiser. La chaleur de cette peau flétrie me révulsait et me fascinait à la fois. On ne l'appelait jamais « oncle Fabrice ». C'est plus tard que j'ai compris pourquoi ces deux mots n'étaient jamais associés. L'homme dans la chaise s'appelait bien

Fabrice, il était bien le frère de ma mère. Mais la famille l'avait exclu depuis longtemps.

Avec les années, à force de déchiffrer des phrases éparses, obscures, mystérieuses, je suis parvenu à reconstruire l'histoire de Fabrice. Tout s'est noué plus de dix ans avant ma naissance. Tante Fanny recevait la famille à la campagne, pour les trois ans d'Alexandre, son fils. Fabrice devait avoir trente ans, guère plus. Sur les photos de l'époque, c'est un jeune homme mince, avec une fine moustache et des cheveux très blonds.

Fabrice adorait l'enfant. Parce qu'il sortait tôt du bureau, il avait proposé d'aller le chercher en voiture à la crèche. Sur le chemin de la vieille ferme, il a quitté la route, à plus de cent vingt kilomètres à l'heure, selon les gendarmes. Le véhicule a fait plusieurs tonneaux. Quand les pompiers ont extrait les corps de la voiture, la petite tête d'Alexandre faisait un angle terrible avec son torse, une figure géométrique sans pitié.

Fabrice, lui, avait survécu, mais sa colonne vertébrale était cassée, deux vertèbres écrasées. Il est resté deux jours dans le coma, et lorsqu'il est revenu à lui, il était incapable de bouger un doigt. Il n'a jamais plus parlé non plus, on a même fini par croire qu'il était aussi devenu sourd.

Quand j'ai eu enfin rassemblé les pièces de cette histoire, Fabrice était mort depuis des années. Pour ma tante, il s'est suicidé en cessant de respirer. Il m'arrive aujourd'hui de me rendre sur sa tombe, d'y déposer une fleur, moi qui ne vais même plus sur celle de ma mère.

Pardon de te conter une aussi affreuse histoire, mais celle de Tito m'a fait penser aux yeux gris de Fabrice, prisonnier à jamais de son cauchemar.

Curieusement, la collision dans mon esprit des deux histoires, celle de Tito puis celle de Vincente et du poisson rouge Willy (un *carassius auratus*), a donné naissance à une recette de pâtes, moins affreuse que cette légende familiale. Le principal acteur, tu verras, en est un petit moineau.

Tu t'en doutes, je serai moi aussi très heureux de te rencontrer. Je dois me rendre à Florence le 5, pour un rendez-vous personnel, et j'en profiterai pour venir te voir à Pise.

Je t'embrasse fraternellement.

Giovanni d'Arezzo

*

Le petit moineau

(Chronique parue le…)

Quand je suis entré dans la cuisine, j'ai tout de suite vu que la cage était vide, et j'ai couru vers Suzanna. Je me suis accroché à son tablier et j'ai crié : « Suzanna, où est Pepito ? »

Pepito, c'était le nom du petit moineau que j'avais recueilli deux semaines plus tôt : il était tombé du nid sur le pavé froid de la cour, et il piaillait de toutes ses forces quand je l'avais pris dans ma paume. Je l'avais réchauffé, caressé, je lui avais donné à manger du pain trempé dans du lait, et comme Maman m'avait dit qu'il ne supporterait pas le voyage jusqu'à la maison, je l'avais laissé chez Suzanna qui lui avait acheté une cage. Et Pepito avait disparu.

J'ai redemandé : « Où est Pepito, Suzanna ? »

Suzanna a jeté les coudes rayés dans la casserole d'eau bouillante et elle a souri en me passant la main dans les cheveux : « Il allait tellement mieux que je lui ai rendu la liberté. » Elle a battu quatre œufs avec du lait, et a posé devant moi une planche de bois et un couteau : « Tiens, nous allons faire une omelette aux pâtes. » J'ai hoché la tête et commencé à découper les quatre tranches de salami, la mozzarella, et le basilic.

J'ai protesté : « Mais il était tout petit, il ne savait même pas voler…

— Ta-ta-ta, mon Giovanni, les pierrots, ça grandit très vite, et ça sait voler, d'instinct. »

Elle a égoutté les coudes rayés, mélangé les pâtes avec les œufs et le reste, et désigné du doigt un oiseau posé sur un fil de téléphone : « Tiens, *guarda*, c'est peut-être bien celui-là, là-haut, sur le toit, qui pépie. »

J'ai ouvert la fenêtre, je lui ai fait un signe de la main et il s'est envolé. Suzanna a de nouveau caressé mes cheveux, et versé l'omelette dans une poêle beurrée.

Quand Maman est revenue me chercher, elle a demandé : « Il a été sage ? » et ajouté : « Il n'a pas pleuré, pour le moineau ? » Suzanna a fait les gros yeux à Maman, très vite, et a répondu, sans me regarder : « *Ma no*. Voyons, pourquoi veux-tu qu'il pleure ? »

Mais, moi, j'ai tout compris, et je me suis mis à pleurer.

Giovanni d'Arezzo

*

Le…, Bologne

Cher monsieur d'Arezzo,

Merci de vos confidences. Elles ont touché au cœur le vieil homme que je suis. Parfois, c'est plus facile de comprendre un étranger que son propre fils.

Cosme est de nouveau passé nous voir au pavillon. À la Teledison, ils lui ont proposé un reclassement à l'usine de Milan, avec une petite promotion. Je pense qu'il va accepter. Il n'a plus reparlé de cette autre femme. Moi non plus. C'est comme si sa confidence de la dernière fois, loin de nous rapprocher, avait ouvert un gouffre entre nous, ou, peut-être, nous l'avait rendu visible.

Depuis, je reste souvent seul, le soir, dans cette cuisine. Mon regard se perd par la fenêtre, au-delà de l'*autostrade*, je pense à Cosme et à Giuletta, sa femme. Très loin, presqu'à la limite de l'horizon, il y a une infime lumière bleue, qui brille au-dessus des tuiles des toits. Lorsque je plisse les yeux, et que la nuit est noire, on dirait la lueur ténue d'une étoile lointaine, quelque part dans la constellation des Gémeaux.

Mais lorsque la lune est pleine, alors sa clarté allume faiblement au loin, dans la banlieue, la façade d'un grand immeuble blanc, blême comme un fantôme. On comprend que cette pâle lumière azur n'est rien d'autre qu'une télévision. Elle scintille, par une fenêtre sans rideaux, au dernier étage, jusqu'aux premières émissions de l'aube. Jamais personne ne l'éteint. L'homme, ou la femme, s'est sans doute assoupi, et la neige sur l'écran fait briller les chairs de son visage dans la pénombre.

Hier, mes yeux une fois de plus se perdaient dans l'obscurité du ciel, aimantés par ce point lumineux dont je connais pourtant le pauvre secret. Anna est entrée derrière moi. Je n'ai pas détourné le regard de cette lueur électrique et solitaire, elle est venue en silence. Et toujours, il y avait la phrase de Cosme, qui tournait et qui tournait, sans cesse. Je me demandais, est-ce que je suis heureux, est-ce que je sais ce que c'est que le bonheur ? À ce moment, Anna a pris ma main dans la sienne, elle était mouillée, sans doute l'eau de la vaisselle, et j'ai senti nos deux paumes ridées, comme celles de vieillards, frotter l'une contre l'autre. Alors, je me suis souvenu que nous étions de vieilles gens, je me suis figé de terreur. Anna a serré ma main, elle a demandé, d'une voix très douce, d'une voix de mère, ou de grande sœur, peut-être : « Que fais-tu, Giovanni ? » J'ai secoué la tête, les larmes n'ont pas quitté mes yeux, et j'ai prononcé cette phrase idiote : « Ce n'est rien, Anna, ce n'est rien. Je regarde la télévision. »

Je suis depuis si longtemps avec Anna. Si longtemps. Souvent, je souhaite mourir vite, en même temps qu'elle, pour ne pas connaître la douleur de son absence. Dans la *Vita nuova*, justement, il y a un très beau poème de Dante, où il pleure la mort de Béatrice. Chaque fois, je pense à mon Anna et j'ai envie de crier devant tant d'injustice.

Je vais le chercher dans la bibliothèque et vous le recopier.

Dannomi angoscia li sospiri forte,
quando'il pensero ne la mente grave
mi reca quella che m'ha 'l cor diviso :
e spesse fiate pensando a la morte,
venemene un disio tanto soave,
che mi tramuta lo color nel viso.
E quando 'l maginar mi ven ben fiso,
giugnemi tanta pena d'ogne parte,
ch'io mi riscuoto per dolor ch'i'sento ;
e si fatto divento,
che da le genti vergogna mi parte.
Poscia piangendo, sol nel mio lamento
chiamo Beatrice, e dico : « Or se'tu morta ? » ;
e mentre ch'io la chiamo, me conforta.

D'angoisse profonde m'accablent mes soupirs
lorsque le souvenir en ma triste mémoire
fait apparaître celle par qui mon cœur est brisé,
et souventes fois, quand à la Mort je pense
de celle-ci mon cœur si fortement s'éprend
que sa pâleur se peint sur mon visage.
Quand son image plus ne me quitte
si grand souffrir m'assaille de toutes parts
que sous tant de douleur je tressaille
et deviens tel
que je m'enfuis de honte.
Puis, en larmes, seul au milieu de mes plaintes
j'appelle Béatrice et dis : « Est-ce possible ?
Tu es morte ? »
Crier son nom, alors, me réconforte.

Anna et moi, nous nous sommes connus au collège, je vous l'ai dit. Anna était dans la dernière classe, en terminale. C'était ma première année d'enseignement. C'était une bonne élève et aussi très belle, avec des cheveux noirs coupés court, comme c'était la mode à l'époque. La première fois que je lui ai adressé la parole, je m'en souviens encore, j'ai rougi, bafouillé, et finalement je me suis emporté, en l'accusant de se moquer de moi, d'être insolente. De ce jour, je ne l'ai plus interrogée, plus regardée, c'était comme si je faisais cours pour toute la classe, sauf elle. Cela a duré un an. Et un soir, peu avant les examens de fin d'année, alors que je sortais de la salle de classe, un homme m'attendait.

C'était un petit homme courtaud, la soixantaine, un peu chauve, et bien mis, comme un paysan en costume de dimanche. « Monsieur Darezzo ? » J'ai hoché la tête, il a poursuivi : « Je suis monsieur Catane. Ottavio Catane. Le grand-père d'Anna, Anna Catane. » Il avait le ton brusque et la maladresse de ceux qui craignent de ne pas savoir parler. Puis il a ajouté, soudain mal à l'aise : « Est-ce qu'on peut causer ? » Je l'ai fait entrer dans la classe, j'ai seulement allumé le néon au-dessus du tableau noir, et nous nous sommes assis sur deux sièges, côte à côte, devant un bureau d'écolier. Soudain, il s'est mis à parler, avec un fort accent toscan, parfois des mots de patois. Ses paroles s'enchaînaient mal, comme un discours répété sur le chemin du collège, mais sous l'émotion, les phrases lui venaient avec difficulté, dans le désordre. Pourtant, la tension dans sa voix prouvait qu'il fallait qu'il les dise, toutes ces phrases, et il faisait de son mieux.

« Voilà, c'est à propos de ma petite-fille... À propos d'Anna. Une fille sérieuse, intelligente, n'est-ce pas ? » Je l'ai encouragé du regard. « Elle travaille beaucoup, beaucoup, en algèbre, en italien, en français aussi, M. Darezzo, elle travaille beaucoup. Et elle aide sa mère, mon fils est mort à la guerre, c'est difficile. C'est une très gentille fille, monsieur. » J'ai acquiescé, sans l'interrompre. Les mains de M. Catane étaient posées sur l'écritoire, il déplaçait lentement ses doigts sur le bois, comme pour en sentir chaque fibre. « Monsieur d'Arezzo, je ne suis pas allé à l'école comme vous, et ma petite-fille, elle est tout pour moi. Elle est si jolie, et pas coquette. Elle est très bonne en gymnastique, aussi. Le soir, elle travaille tard, et le matin aussi. Elle ne sort pas beaucoup, et elle a dix-huit ans cette année, elle veut devenir professeur de français, elle aussi, vous comprenez, alors elle travaille… » Le silence s'est installé, embarrassant.

Je l'ai reconnu, ce silence. C'était celui d'un jeune berger que j'avais rencontré, quelques années auparavant, juste après la guerre. Avec un ami, pas Luca, pour une fois, j'étais allé en Sardaigne, pour les vacances. Ce jour là, nous avions abandonné les rochers rouges des criques pour nous aventurer plus profond dans la montagne. Nous déjeunions, à l'abri frais d'un pin, du fromage de brebis et du pain, quand le berger a surgi d'un sentier, avec ses chèvres. Il s'est arrêté, surpris, mon ami a lancé : « Viens manger avec nous, viens. »

Le berger devait avoir douze ans, pas beaucoup plus. Il est resté immobile, sans oser s'approcher. Les chèvres, peu à peu, s'égaillaient autour de lui, il les surveillait du coin de l'œil. Puis, comme mon ami insistait, il a pris un quart de miche, et, avec son couteau, une tranche de fromage. Il a dit : « Merci », et rien de plus. Il s'est assis, s'est mis à manger lentement, en surveillant son troupeau famélique. De sa poche, il a sorti un oignon, l'a pelé avec précaution. Il a pris une bouchée de pain, un peu de fromage et a mordu dans l'oignon. Il mangeait lentement, buvant de temps en temps d'une gourde accrochée à sa ceinture. Il est resté à nous écouter parler, sans répondre à aucune de nos questions, puis il est parti, après un second « merci », comme effrayé par tant de mots. Dans le regard de M. Catane, j'ai lu, un instant, la même détresse que dans celui du berger, et le même malaise s'est emparé de moi.

Alors, j'ai dit : « Mais, monsieur Catane, Anna a de bons résultats, je vous assure », j'ai fouillé dans mon cartable : « Regardez, douze, quinze, quatorze, ce sont de bonnes notes, vraiment de bonnes notes. » J'étalais devant moi mes carnets, et lui a secoué la tête, posé sa main sur mon bras. Le geste m'a surpris, désarmé, comment vous dire, presque mis à nu. C'était un geste naturel, plein de vie à l'état brut, j'avais oublié la force de ce contact entre deux chaleurs. Il a dit : « Ce n'est pas ça, monsieur Darezzo, c'est la petite, c'est Anna. Elle sent que vous ne l'aimez pas, et ça la chagrine, ça la fait pleurer, parce que vous êtes son professeur préféré, et elle travaille beaucoup le français, beaucoup. » Mon regard évitait celui du vieux M. Catane, sa main était toujours posée sur mon bras. Et là, il s'est passé une chose incroyable, je voulais énoncer quelque chose d'anodin, comme : « Mais monsieur Catane, je vous assure que j'aime beaucoup Anna », mais j'étais si troublé que la seule phrase qui me soit venue, c'est : « Mais monsieur Catane, Anna… Anna, je l'aime. »

Il y a eu de nouveau le silence, mais cette fois-ci, c'était différent. C'était un silence qui aurait pu durer toute la nuit, avec seulement le bruit de nos souffles dans la salle. Il a dit : « Monsieur Darezzo… C'est bientôt, la fin du collège, n'est-ce pas ? » J'étais incapable de la moindre parole. Il a ajouté, en maintenant sa pression sur mon poignet : « Voulez-vous venir dîner dimanche ? Venez avec votre femme, ou votre fiancée. Vous avez des enfants ? » J'ai bredouillé : « Je ne suis pas marié », et le vieux M. Catane a souri, il a dit : « C'est parfait, alors, à dimanche. »

Trois mois après, j'épousais Anna. Je crois que je ne bénirai jamais assez le vieil Ottavio. Chaque fois que je raconte cette histoire (et je la raconte souvent, même trop souvent pour Anna), j'ai envie de serrer ma femme dans mes bras. Et même, Giovanni, permettez-moi de vous appeler ainsi et de vous faire une confidence, envie de lui faire l'amour, même à notre âge. Une telle impudeur m'est peu coutumière, pardonnez-moi.

J'allais oublier. Je voulais aussi vous donner sur l'église de Santa Teresa de nouvelles informations dénichées, évidemment, par Luca, toujours Luca.

L'église est en travaux depuis quelques mois, on consolide la tour-lanterne, et le pilier de la croisée, fragilisé par un mitraillage durant la guerre. Je ne suis pas certain que les bas-reliefs de la façade occidentale soient bien fascinants. En revanche, Luca a découvert, dans le déambulatoire, trois statues d'apôtres qui vous intéresseront. Il s'agit de Pierre, de Paul, et… de Judas. Vous vous en doutez, la représentation de Judas est extrêmement rare dans l'iconographie religieuse, et encore plus dans la sculpture. Aussi, des dizaines de cierges brûlent autour des deux saints, alors que la statue de Judas n'est guère mise en valeur. L'apôtre est agenouillé au côté de Jésus. Le Messie, mélancolique, pose sa main sur ses cheveux et lui prédit sa trahison future.

Encore une remarque de Luca : les statues sont toutes de taille différente, et chacune d'elles se trouve au pied d'une colonne. Luca a pensé que ces trois colonnes pouvaient être en rapport avec les annotations de Scrochetti. Enfin, au beau milieu de l'absidiole, on dénombre une dizaine de pierres tombales. Selon les restaurateurs, il s'agirait des restes consacrés des chevaliers de Casalmaggiore, morts en croisade, reliques datant du XIe ou XIIe siècle. Luca, vous vous en doutez, poursuit ses recherches avec zèle.

Il est temps que je vous quitte. C'est une très longue lettre, et je m'aperçois qu'une fois de plus, je n'ai pas su écrire court.

Je vous embrasse affectueusement, Anna en fait autant.

Giovanni Darezzo

P.-S. : J'avais encore omis de répondre à votre question. Non, Anna ne sait pas préparer les *tagliatelle* au Mont-Blanc. Elle en est désolée. Était-ce une recette que vous vouliez publier ?

*

Paris, le…

Cher Monsieur Darezzo,

Non, votre lettre n'était pas trop longue, pas du tout. J'aurais aimé connaître ce M. Catane, le grand-père d'Anna. Votre histoire d'amour est si belle qu'on la dirait inventée rien que pour moi. Merci pour ce joli poème de Dante, et pour cette émotion que vous m'avez fait partager.

Vous l'avouerai-je ? Je n'ai pas lu encore la *Vita nuova*, elle traîne parmi d'autres livres sur le chevet de mon lit. Je suis depuis quelques mois prisonnier d'un étrange labyrinthe sentimental (un jour, peut-être, je vous en parlerai), et vos jolis souvenirs m'ont permis d'échapper à la tristesse de ces derniers temps. Moi aussi, je l'espère, je rencontrerai la femme avec laquelle je resterai, pour toujours.

Il y a tant de femmes, et si peu de temps. Sans doute est-elle vraie, cette phrase dont j'ignore l'auteur : « Même si tu pouvais posséder toutes ces femmes, tu les aurais toutes, sauf une. » Voyez-vous, M. Darezzo, je n'ai jamais su garder les femmes que j'aimais, ou garder en moi l'amour que je leur portais. Vous l'avouerai-je, je ne parviens pas à définir ce sentiment qui finit pas unir les vieux couples, et souvent, en les regardant, une étrange jalousie m'envahit pour un bonheur que je ne suis pas certain de désirer. Me parlerez-vous encore d'Anna et vous, de ce miracle qui me fascine et me terrifie aussi ?

En lisant ce passage où vous parlez d'une télévision allumée au cœur de la nuit, il m'est revenu un souvenir d'enfance, d'une nuit où je m'étais éveillé d'un cauchemar. Je devais avoir sept ans, huit peut-être. J'avais eu soif, et j'ai voulu boire un verre d'eau. Je me suis levé, sans bruit, j'ai marché vers la cuisine. Dans le salon, ma grand-mère s'était endormie, devant le poste noir et blanc. Elle ronflait, doucement, et je me suis approché d'elle pour l'embrasser sur le front. Alors, à quelques pas du fauteuil, je me suis arrêté, interdit, devant les traits lourds, déformés par la fatigue et le sommeil, de cette dame que je ne reconnaissais pas. Et j'ai reculé, effrayé devant ce visage étranger et pourtant familier.

Ce soir là, j'ai compris que ma grand-mère était aussi une vieille femme, et que moi, même moi, je vieillirais, jusqu'à ne plus pouvoir me reconnaître. Je suis allé jusqu'à la cuisine, j'ai ouvert le réfrigérateur, il a éclairé la pièce d'une couleur jaune, si sale que j'ai refermé sa porte de dégoût. Un immense tremblement s'est emparé de moi, et j'ai sangloté, pieds nus sur le carrelage glacé, jusqu'aux premiers rayons du soleil, sans pouvoir m'arrêter.

Vous le voyez, j'ai moi aussi peur de devenir une vieille personne. Vous rencontrer, j'en suis certain, me rassurerait. Justement, des affaires vont m'appeler ces prochains jours à Florence. J'y resterai quelques jours, et j'essayerai de passer par Bologne. Nous pourrions déjeuner ensemble, tous les trois, et peut-être même tous les quatre, si je parviens à convaincre une jeune amie florentine de m'accompagner. Cela me ferait tellement plaisir de faire enfin votre connaissance. Vous pourrez me dire, en connaisseur, si elle peut devenir la femme de ma vie.

Une dernière chose, cette fois-ci sur *Les Noces de Cana*. Luca, une fois de plus, a fait une véritable trouvaille. Il faut désormais que nous allions, ensemble, à Casalmaggiore.

Vôtre, très amicalement,

Giovanni d'Arezzo

*

LES LÉZARDS TERRIBLES
(Chronique parue le...)

Il y avait écrit, en petits caractères : « Le mot "dinosaure" vient du grec. Il signifie "lézard terrible". »

J'ai regardé de nouveau le dessin. Il représentait, je m'en souviens encore, un combat entre un tricératops aux cornes acérées et un énorme tyrannosaure. Ses dents tranchantes se découpaient sur un ciel noir et rouge, où virevoltaient des poussières volcaniques, et ses puissantes pattes d'écaille s'enfonçaient profondément dans la boue d'un marais entouré d'une jungle épaisse.

J'ai reposé *Scienza illustrata* sur la table de la cuisine, un peu terrifié, et je suis allé aider Suzanna à hacher la mozzarella. Elle a jeté quatre filets d'anchois écrasés et les petits cubes de mozzarella dans la poêle où fondait un gros morceau de beurre.

Je suis allé à la fenêtre, me suis penché un instant au balcon. Je suis resté un instant silencieux, tandis que Suzanna m'observait, intriguée. J'ai demandé : « À quelle hauteur on est ici, Suzanna ? » Elle a froncé les sourcils un instant, surprise par ma question, et répondu : « Je ne sais pas, Giovanni, sept mètres environ. »

J'ai repris *Scienza illustrata*, cherché la page et relu : « Le *Tyrannosaurus rex*, le plus féroce des carnivores du jurassique, et le plus grand prédateur terrestre connu, faisait presque douze mètres de haut. »

Suzanna a rapidement battu quatre jaunes d'œufs, égoutté les *penne* dans l'évier, et versé la sauce et les œufs battus sur les pâtes. J'ai réfléchi, et demandé, de nouveau, en pensant à la fenêtre de ma chambre : « Et lorsqu'on habite au troisième, Suzanna, on est à quelle hauteur ? » Suzanna a regardé l'illustré scientifique et souri : « À neuf ou dix mètres, à peu près. »

J'ai dû apprendre par cœur : « Sans que l'on sache pourquoi, les dinosaures ont disparu de la surface de la Terre voilà soixante-cinq millions d'années. » Pourtant, longtemps, avant de me coucher, j'ai regardé au loin pour être certain que, derrière les bâtiments de la Teledison, ne se profilait pas la silhouette d'un tyrannosaure.

Giovanni d'Arezzo

*

Florence, le…

Caro Giovanni,

Ton aventure de cambriolage est tout à fait incroyable. Que t'a-t-on volé ? De l'argent, des tableaux, des recettes exclusives ? Pardon de te décevoir, mais je n'en suis pas l'auteur. D'ailleurs, dois-je te rappeler que je ne connais de toi que ton pseudonyme ?

Hier, je suis allé déjeuner Caffè Rivoire, et peut-être me suis-je assis à la même table que toi et Francesca, près de la fontaine. À côté de moi, il y avait un couple de jeunes touristes, blonds comme les gens du Nord. La fille a déchaussé ses escarpins, posé ses pieds sur la chaise de rotin. Elle portait des socquettes bleues (tu sais que la mode en est revenue ?). Il faisait un temps de janvier, et elle a pris ses orteils dans ses doigts et les a massés pour les réchauffer.

C'était un geste d'une très grande douceur, et le mouvement attentif de ses mains sur ses pieds glacés a rappelé à ma mémoire une saynète que je te livre, parce que tu parlais, dans ta dernière lettre, de l'immortalité, de la nostalgie, des trésors secrets de l'« avoir été ». Tu sais combien je suis une machine à enregistrer les souvenirs… Pièce de puzzle, selon notre tacite convention.

Nous voici il y a plus de dix ans… Mon Dieu, si longtemps, déjà ? À Florence, place de la République, au café Giubbe Rosse. Il a neigé, imagine les voitures qui font comme des alignements de petits fromages de chèvre fondus (c'est un de mes plats préférés, sur une fine couche de salade). Cette fois-ci, ces mains chaudes et tendres sont les miennes, les pieds, vraiment très froids, ceux de mon amie – elle s'appelait Roberta. Elle avait de longs cheveux bouclés, des taches de rousseur sur un nez retroussé, très érotique. Il faisait un soleil d'hiver, éblouissant, et malgré la température, nous étions nombreux à nous être installés à la terrasse, pour profiter de la chaleur de ses rayons. Roberta a ôté ses mocassins, m'a tendu son pied gauche, avec une grimace qui mimait la douleur. J'ai posé mes mains sur la chaussette, placé mes paumes en tunnel, et soufflé, pfou…, un air chaud et humide sur le coton. Dans le vent glacial, il s'est mis à fumer, comme un fer rouge qu'on a trempé dans l'eau.

La scène devait être tout à fait charmante, parce qu'un monsieur et une dame à côté de nous ont souri. C'était un couple de cinquantenaires, vêtus avec soin, lui en cachemire, elle en astrakan. Soudain, la dame elle aussi s'est déchaussée, elle a tendu son pied à son mari. Et lui et moi, avec les petons de nos compagnes, nous sommes mis à faire de la buée dans le ciel de Florence, sous les regards des badauds, ébahis, puis rieurs. C'était à qui de nous deux ferait le plus de vapeur, qui de Roberta et de cette dame aurait le geste le plus élégant pour la faire s'élever dans l'air. Enfin, la dame, d'une subtile inclination de la tête, d'un léger plissement des lèvres, a signifié la fin du jeu. Elle a glissé son pied dans ses après-ski, bu une gorgée de son chocolat chaud, et, un instant, dans le sourire qu'elle a eu en se tournant vers Roberta et moi, ses yeux ont reflété une ravissante jeunesse, cette indestructible vie qui ne nous quitte jamais. Ce jour-là, j'ai compris que nous n'avions pas d'âge, jamais, même si l'illusion d'en avoir un nous possède parfois.

Si je voulais te conter cette histoire, c'est aussi parce qu'il m'a semblé, dans ce dernier regard, voir briller le bonheur le plus doux, celui de la double certitude de s'être aimé hier et de s'aimer encore aujourd'hui. C'est un miracle rare. Je te souhaite, mon ami, mon très cher ami, de le connaître un jour.

Je t'embrasse, avec une amicale tendresse.

Giovanni d'Arezzo

*

Carnet de l'auteur :

Journée très désagréable. Elle a commencé au Louvre. Je voulais parler avec Jean des *Noces de Cana*, des nouvelles indications de M. Darezzo. Je suis arrivé vers dix heures, ses aides travaillaient à enlever le rouge sombre, presque brun, du manteau d'un personnage, celui dont on dit qu'il pourrait être l'Arétin, ami de Véronèse. Sous la couche de peinture, un vert très brillant (vert Véronèse, justement) apparaissait peu à peu. J'ai demandé à parler à Jean, ils m'ont répondu en riant qu'il était au bistrot, avec une jolie femme. C'était vrai, il y était. La fille qu'il tenait par la main, c'était Laure.

Je suis sorti avant qu'ils ne me voient. J'ai marché jusqu'à l'Opéra, lentement. J'ai pensé que de toute façon, ils sauraient par les apprentis que j'étais passé, et j'ai décidé de revenir sur mes pas, de m'asseoir avec eux, comme si de rien n'était, digne, ou mieux, amusé. Je suis entré dans le café, ils étaient déjà partis. Je n'ai pas voulu retourner au Louvre.

Chez moi, une lettre m'attendait. J'ai commencé à la lire dans l'escalier.

*

Pénitencier central de Pise, le…
(lettre traduite de l'italien)

Monsieur d'Arezzo

Il y a quelques semaines, je ne vous en ai pas parlé, parce que je l'ai appris au dernier moment, j'ai eu droit à une permission de sortie. Pour bonne conduite. J'avais trois jours seulement, alors je suis allé voir mes parents, à La Spezia, j'ai passé la soirée avec eux. Je vous ai posté de là-bas ma lettre avec l'histoire de Vince, mais j'ai eu envie d'en faire plus. Alors, le matin très tôt, comme j'avais un peu d'argent d'avance, j'ai pris le train pour Paris. Je vous avais apporté une bouteille de *grappa*. Je voulais vous inviter à la boire avec moi. Je suis d'abord allé au journal, mais il était tard et vous n'étiez plus là. Quelqu'un m'a dit votre vrai nom, et j'ai trouvé votre adresse dans le Bottin. En vérité, vous étiez deux à votre nom, l'un d'eux habitait rue du Dessous-des-Berges, dans le treizième arrondissement, mais il n'était pas journaliste. Alors, je suis allé chez vous.

Vous n'étiez pas là quand j'ai frappé à votre porte. En fait, je le savais parce que j'avais téléphoné. Vous disiez sur la machine que vous étiez parti quelques jours, et vous donniez un numéro de téléphone. Je savais que c'était à Florence parce que quand je téléphonais de Cannes, je faisais toujours les quatre premiers numéros, le 19, puis le 39, et que le 55, c'est pour Florence. Je vous en ai voulu de ne pas me l'avoir dit. Puis j'ai pensé que peut-être, vous n'étiez pas sûr d'avoir le temps de venir me voir à Pise, et que vous aviez préféré me faire la surprise plutôt que de me décevoir.

Je suis entré, en forçant un peu la porte, sans trop l'abîmer, juste pour vous faire la surprise moi aussi. J'ai déposé sur la table de la cuisine la bouteille de *grappa*, avec un mot. J'allais partir, mais j'ai vu votre petit carnet rouge posé sur le bureau, il m'a attiré le regard, comme un aimant, et je n'ai pas pu m'empêcher de l'ouvrir. Je crois que je voulais savoir si vous y parliez de moi.

Alors, j'ai lu tout ce que vous écriviez sur Francesca, cette « vague de marée », comme vous disiez. J'ai lu que vous aviez retrouvé Francesca, qu'elle était peut-être à Mantoue, j'ai lu les mensonges que vous alliez inventer pour me la prendre, et j'ai eu envie de tout briser en mille morceaux chez vous, les lampes et les livres, et les meubles, et le lit. Il aurait fallu qu'il ne reste rien de propre dans cet appartement tellement rangé, avec sur les murs les tableaux sûrement très chers et ces encadrements chics des lettres manuscrites de Balzac et de Zola encadrées, il aurait fallu que tout soit comme à l'intérieur de vous, sale et répugnant. Finalement, je suis resté assis sur la chaise, à pleurer de colère en relisant vos phrases, et je n'ai rien cassé, sauf un vase, que j'ai finalement ramassé avec tous ses morceaux. J'ai seulement fouillé vos armoires, pour vous prendre votre vie comme vous aviez volé la mienne.

J'ai lu toutes vos lettres, toutes celles que vous aviez écrites aux autres femmes que vous avez connues. Vous êtes vraiment un fou pour en avoir fait des copies. Est-ce que vous les avez toutes trompées, comme moi, ces pauvres filles auxquelles vous disiez toujours les mêmes mots ?

J'ai vu que souvent vous vous recopiez vous-même. On retrouve dans une lettre à Sophie tout un paragraphe d'une autre lettre, écrite quelques mois avant à Marie : « Avec d'autres femmes, mon amour, j'ai tenté de retrouver ces sentiments que je n'ai jamais eu que pour toi. J'ai posé ma tête sur leurs genoux, j'ai fermé les yeux. Il y avait un vent froid dans mon crâne, jusqu'à mes gestes qui étaient durs. Avec elles, j'ai marché dans les rues, mais jamais je n'ai eu le désir de leur prendre la main. » Une fois, même, vous avez volé les jolis mots d'amour que vous avait envoyés une femme pour les offrir à une autre, un peu arrangés.

Peut-être vous écrivez bien, monsieur d'Arezzo, mais vous me dégoûtez. Moi, je suis un cambrioleur, un petit braqueur de banque, mais vous, vous êtes pire que tout, un maquereau des sentiments.

Vous avez de la chance, je n'ai pas trouvé votre carnet d'adresses. J'aurais écrit à tous vos amis pour leur raconter le mal que vous m'avez fait, celui que vous avez fait aux autres aussi. Quand ils auraient su, plus jamais ils ne vous auraient parlé.

J'ai aussi trouvé votre photographie, dans votre chambre. Vous n'êtes pas beau, vous avez l'air prétentieux, et on voit déjà le visage que vous aurez quand vous serez vieux, parce que vous l'êtes déjà.

Quand je suis reparti, j'ai repris les morceaux du vase, le petit mot, et la bouteille de *grappa*. J'ai déchiré le carton, le vase, j'ai tout jeté dans la poubelle, et la bouteille, je l'ai donnée aux gardiens, pour m'en débarrasser, en rentrant au pénitencier. Ça les a étonnés, eux à qui on ne donne jamais rien.

C'est dans le train du retour que j'ai écrit la recette du *conciatetto*, pour me moquer de vous, vous faire peur aussi, et le professeur de français ici me l'a corrigée pour qu'elle soit bien rédigée. De ma cellule, je voulais vous envoyer une très longue lettre, où j'aurais dit tout ce que je pense de vous, pire encore que ce que je vous dis ici. Mais celle de Francesca est arrivée. Pour savoir si vous alliez continuer à mentir, j'ai recopié toute sa lettre. J'ai eu du mal à paraître calme, je pressais le stylo si fort que j'aurais pu transpercer la feuille. Vous m'avez répondu, en trichant, de plus en plus.

Je vous avais demandé si Francesca était encore jolie. Je sais qu'elle l'est, parce que je l'ai déjà revue. Je ne lui ai pas parlé de vous. J'attendrai le moment. Vous m'avez écrit aussi que vous viendriez à Florence, « pour un rendez-vous personnel ». Avec Francesca ? Ne vous donnez pas la peine de passer à Pise. Je n'ai pas envie de voir votre sale figure.

Mais soyez-en sûr, quand je sortirai d'ici, dans un mois ou deux, je viendrai vous la casser.

Giovanni d'Arezzo

*

Paris, le...

Giovanni,

Relis mes lettres, sans haine, et dis-moi où et quand je t'ai menti.

Que vas-tu imaginer, Giovanni ? Elle est vraie l'histoire d'Isabel, de la douleur du temps qui passe et qui détruit tout. Vraie aussi, celle de Fabrice, de cette culpabilité qui donne envie de cesser de vivre. Je pensais sincèrement que tu ferais mieux d'oublier Francesca. Ne te l'ai-je pas écrit avant même d'avoir reçu cette photographie. Crois-tu que cette femme, après plus de six ans, songe encore à toi ?

Penses-tu sincèrement que j'ai voulu l'éloigner de toi ? Qui sont, selon toi, mes principaux rivaux, le pensionnaire oublié d'un pénitencier de Pise, ou ces hommes qu'elle croise tous les jours, qui l'abordent dans la rue, lui sourient, la séduisent ?

Je ne t'ai pas volé « ta » Francesca, Giovanni, elle n'était pas à toi, à personne. C'est toi qui m'as pillé, en lisant toutes ces lettres qui n'appartiennent qu'à moi.

Tu veux des aveux, Giovanni ?

Oui, je suis tombé amoureux d'une photographie de Francesca. Oui, j'ai dû trouver des prétextes pour la retrouver, provoquer une rencontre, m'inventer un passé. Qu'as-tu à me reprocher ? Nul n'est responsable de ses sentiments.

Tu m'accuses de recopier des passages entiers. Mais il n'y a qu'à la première maîtresse que l'on dit « je t'aime » pour la première fois. Ment-on pour autant à celles qui suivent ? Lorsqu'on est parvenu à exprimer par une phrase un sentiment, doit-on, lorsqu'il naît de nouveau pour une autre, s'interdire d'user des mêmes mots ? Ne refait-on pas souvent les mêmes gestes, dans l'absolue sincérité de l'amour ? Où est le mensonge, où est la tricherie ?

Je comprends ta colère. Tu crois avoir été abusé, manipulé, trahi. Pourtant, je voudrais te persuader que tu te trompes. La tendresse que je te portais, que je te porte encore, n'est pas feinte. Tu es comme un frère lointain, emprisonné, auquel je tiens. C'est avec affection que j'ai inventé pour toi l'histoire du petit moineau qui est presque celle de Willy ton poisson rouge.

Je t'embrasse, Giovanni, malgré tes insultes. Je crois être amoureux de Francesca. Tu ne dis pas si toi, tu l'es aussi. Si c'était le cas, sache que ces drames arrivent aussi entre frères.

Et puis, c'est si difficile d'être certain de son cœur. Ne nous disputons pas, car peut-être, Francesca en aime aujourd'hui un autre.

Je serai à Florence le 5, et j'irai te voir le lendemain. Promis. Accepte de venir au parloir. Tu me casseras la figure plus tard. Je ne t'en veux pas pour la *grappa*.

Giovanni d'Arezzo

P.-S. : Merci de ne pas avoir tout détruit chez moi. Et tu as raison, j'ai déjà l'air sur cette photographie d'être vieux. N'oublie pas qu'un jour, toi aussi…

*

Le…, Bologne

Cher monsieur d'Arezzo,
très cher Giovanni,

Anna est malade, une mauvaise grippe, et je n'ai pas beaucoup de temps pour vous écrire, moi qui suis souvent tellement bavard.

Il est temps que je vous dise : ce n'est pas vrai que je n'ai jamais aimé de femme avant Anna. Il y a eu une autre femme, et il m'a fallu des années pour oublier la douleur. C'était pendant la guerre, j'avais vingt ans à peine. Je ne sais pas si je vous l'ai déjà écrit, j'ai fait de la résistance contre le fascisme, avec le Parti communiste. Dans le maquis, j'ai connu cette fille, elle s'appelait Rafaela, ou peut-être c'était seulement son nom de guerre, son pseudonyme, comme vous, Giovanni.

Je crois que j'aimais Rafaela, que je l'aimais d'amour. Mais je le taisais, même à moi-même. Entre elle et moi, je savais que c'était impossible, j'étais un gamin pour elle. Et puis, elle était avec Lorenzo, un grand gaillard de dix ans mon ainé, le grand-frère que nous rêvons tous d'avoir. C'était le cousin germain de Luca, aussi. Il est mort deux ans après la fin de la guerre, d'une leucémie.

Un jour, c'était au petit matin, au printemps, nous marchions en file indienne, sur le flanc d'une colline pierreuse. Nous étions une petite dizaine, à découvert. Rafaela ouvrait la marche, juste devant moi, Lorenzo surveillait nos arrières. Rafaela flottait dans un pantalon trop large, une chemise ample, ses cheveux aussi flottaient dans la brise. À l'épaule, elle portait un de ces vieux fusils russes qui nous arrivaient de Grèce, où d'autres aussi, en avaient besoin. Nous aurions pu avoir des armes plus modernes. Mais vous le savez, les Américains n'aimaient pas beaucoup les maquis communistes et les partisans, et ils ne nous parachutaient presque rien, juste assez pour ne pas mettre Staline en colère.

Je me souviens tellement bien de tout, de la brume qui s'accrochait ici et là aux arbustes, comme du coton qui s'effiloche, du chant des alouettes, haut dans le ciel. Le soleil se laissait deviner, il ferait beau.

Soudain, il y a eu un coup de feu, qui a résonné longtemps dans l'air. Rafaela s'est retournée vers nous, elle était comme étonnée. Je n'ai pas compris son regard. J'ai cru qu'elle avait trébuché. Puis, elle est tombée sur les genoux. Déjà, elle devait savoir qu'elle était en train de mourir, elle tombait sans précaution, sans retenue, indifférente, son corps devinait qu'il n'allait plus pouvoir vivre. Elle s'est cassée en deux, du sang a jailli de ses lèvres dans un spasme, et elle a roulé sur le sol.

Tous se sont jetés à terre. Je me souviens que je me suis assis. Il y avait ce sang clair qui coulait entre les cailloux, il y avait du soleil, et les oiseaux s'étaient remis à chanter, très fort. Peut-être le fasciste avait tiré de l'orée du bois, en bas de la colline. Tout était calme maintenant. Ce devait être un Allemand isolé. Il avait tiré et il était parti, sans bruit.

De là-bas, il n'avait pas dû bien voir. Il avait dû s'allonger dans l'herbe encore humide de la nuit, nous observer. Peut-être il n'entendait pas les oiseaux, il n'entendait que son cœur qui battait dans sa tête, il devait avoir peur. Et puis il a choisi, entre elle, moi, ou un autre. Et il a dû viser, longuement.

J'étais assis et je pleurais. Lorenzo est arrivé derrière moi. Je ne l'ai pas entendu, je n'entendais plus rien. Il a couru vers elle, a vu, et son corps s'est tendu comme s'il allait casser. Il s'est accroupi en face de moi et a mis ses deux mains sur mes épaules, il m'a secoué.

« Ne reste pas là, il peut encore tirer. » Lorenzo parlait tout doucement, sa voix tremblait. Il avait des larmes dans les yeux et la peau de son menton tressaillait. Il attendrait d'être seul pour pleurer. Sa douleur en serait plus vive, plus profonde. Il pleurerait Rafaela, il pleurerait Lorenzo, qui n'avait que trente ans et déjà tant de gens à pleurer.

Lorenzo s'est agenouillé près de Rafaela et avait déjà glissé ses bras sous le corps. Il avait du mal à la prendre, il aurait fallu que nous l'aidions. Quand il l'a soulevée, la tête s'est cassée en arrière, la bouche s'est ouverte et a vomi une gorgée de sang, il a envahi son front et s'est englué dans les cheveux. J'ai détourné les yeux.

Le visage de Rafaela était rouge et gris, du sang et de la poussière de sa chute. Ses yeux étaient ouverts et ne regardaient rien. C'était elle qui était là, et pourtant je ne la reconnaissais pas. Jamais je n'oublierai sa laide figure de morte, et aujourd'hui encore, j'ai envie de hurler parce qu'un fusil a détruit toutes les belles images que je gardais d'elle.

Nous sommes remontés vers le petit bois d'où nous venions. Lorenzo marchait devant, en silence, sans se retourner. J'avais froid, c'était comme dans ces cauchemars où il faut fuir et où l'on ne parvient pas à courir, tout mon corps avait mal, et pourtant je sentais que je ne sentais plus rien.

Je vous livre ici, Giovanni, mon souvenir le plus intime, le plus douloureux de tous. Parce qu'avec la mort de Rafaela, quelque chose s'est brisé en moi. Il y a eu d'autres filles, et il y a eu Anna. Elle avait quelque chose de Rafaela, je l'ai su dès que je l'ai vue, assise au deuxième rang dans cette classe.

Je ne saurais pas expliquer pourquoi je n'ai jamais pensé quitter Anna. Cela m'a semblé naturel, tout de suite, de vieillir avec elle. Parfois, je songe que si Rafaela n'était pas morte, je veux dire si elle avait vécu, même avec Lorenzo, je serais devenu un autre homme, plus futile peut-être. Mais j'ai tout perdu ce matin d'avril, et je n'ai plus eu envie de laisser asser la chance.

C'est un aveu très intime, ce que je vous raconte là. C'est bien la preuve qu'il est temps de nous rencontrer. Si vous le voulez bien, Anna sera bien sûr des nôtres, ainsi que Luca. J'ai peur de vous décevoir, pourtant. Je suis un vieil homme, avec mes deux tiers de siècle (Luca n'a que soixante-cinq ans, et Anna soixante), même si, comme le dit Anna, je suis bien conservé. Jc n'aime pas ce mot, cela me fait penser aux conserves, à la couche de moisissure sur les confitures.

À bientôt, donc. Je vous embrasse.

Giovanni Darezzo

*

Pénitencier central de Pise, le…
(lettre traduite de l'italien)

Monsieur d'Arezzo,

Votre lettre est arrivée ce matin. J'ai voulu la déchirer, mais finalement je l'ai ouverte, et je l'ai lue plusieurs fois, pour bien essayer de me mettre à votre place. Je crois que je comprends, c'est possible que vous ne m'ayez pas menti. Peut-être je suis naïf, et vous êtes vraiment un salaud, je ne sais plus. Mais je ne regrette pas ma lettre, c'est trop tard.

Je ne vous en veux plus. Peut-être parce qu'hier, Francesca est venue une nouvelle fois au parloir. Elle était belle, avec ses cheveux blonds courts. La première visite, il y a une semaine, elle voulait tellement que la mémoire revienne. Elle m'avait regardé, longtemps, à travers le verre grillagé, avec un sourire triste. Son regard se promenait sur mon visage, comme celui d'un paysan qui cherche la rivière dans un paysage. Elle avait demandé : « Tu te souviens de moi, Giovanni ? » J'avais répondu : « Bien sûr », mais elle, elle avait hoché la tête, et j'ai bien vu qu'elle ne me reconnaissait pas. Nous avions parlé de la prison, de la nourriture, de ma famille. Souvent, les gens de l'extérieur veulent savoir comment se passe la vie ici, ils posent des questions sur tout, et quand les dix minutes sont écoulées, on se quitte en se rendant compte qu'on ne s'est rien dit.

Hier, j'ai eu l'impression qu'elle regrettait la dernière fois, parce qu'elle se sent maintenant des obligations envers moi. Quand elle a su que je sortais le mois prochain, elle a seulement dit qu'elle était contente, contente pour moi. J'ai demandé si nous nous reverrions, elle a répondu oui, gênée.

Alors j'ai pensé que vous aviez raison, malgré tout. Francesca n'est pas pour moi, ni moi pour elle.

Un après-midi, autrefois, elle m'avait donné rendez-vous au musée des Offices. Elle avait précisée « dans la salle gothique, à quinze heures ». Elle était accompagnée d'un de ses camarades, un long garçon maigre, il était habillé en gris comme un garçon du séminaire, il paraissait sec et froid comme un missel. Je l'avais déjà rencontré, je le vomissais.

(À partir d'ici, la lettre se poursuit en français.)

Bien, bien, je m'arrête ici parce que tu reconnais certainement ta propre prose, un peu modifiée (diable, c'est un prisonnier qui parle tout de même, pas un professionnel de l'écriture). Un certain malaise t'envahirait-il ? Cet « ecclésiastique vêtu de gris, cet insecte avec sa croix d'argent », tu l'as longuement décrit à ton correspondant florentin. « Comment peut-il être arrivé ici ? » t'interroges-tu à cet instant...

È finita la commedia. Et oui, Giovanni, quelle bonne surprise, devine qui est là ? C'est ton ami de Florence, qui a décidé de mettre un terme à cette (aimable) plaisanterie.

Tu ne comprends pas, tu es désorienté ? Tu me déçois. C'est pourtant simple, il n'y a jamais eu de prisonnier de Pise du nom de Giovanni d'Arezzo. Un complice au pénitencier me transmettait les lettres que tu lui envoyais. Simple comme bonjour. Je lui repasse la parole, au petit taulard imaginé, car il me tire la manche (une image, bien sûr) pour te dire adieu.

(La lettre reprend ici en italien.)

È vero, signore d'Arezzo. Je suis désolé de ne pas exister vraiment. Ni moi, ni Tito, mon compagnon de couloir, ni Vince, mon frère qui vend des plantes vertes à Naples, ni personne ou presque. Il y a Francesca, bien sûr, vous le savez bien, puisque vous l'avez rencontrée.

Je ne crois pas que le Giovanni d'Arezzo de Florence aurait continué le petit jeu, je veux dire à me faire vivre, si vous n'aviez pas répondu une lettre aussi gentille, et si vous ne m'aviez pas conseillé de jeter la photographie de Francesca. Moi, je n'y tenais pas tant à vous l'envoyer. C'est l'autre qui a insisté. L'histoire de Francesca, le gilet rosé, la petite chambre, et « *ciao, ciao* », c'est lui aussi qui l'a inventée, avec ses souvenirs, peut-être même ceux d'un autre. Moi, je commençais tout juste à prendre naissance, avec toutes ces aventures, celles qu'il aurait imaginées encore. Mais il a fallu que vous précipitiez tout, avec votre tricherie.

D'une certaine façon, c'est tout de même moi qui ai visité votre domicile. Je veux dire, quand votre ami florentin a forcé votre porte, c'était ma colère qui lui faisait s'acharner au rossignol sur votre serrure, c'est ma rage qui l'a conduit à briser votre vase. Lui, vous savez, c'est un homme plus calme, plus âgé aussi, il s'est contenté de se servir un whisky.

Il me fait signe de disparaître. Avant de lui laisser la place à jamais, je voudrais tout de même vous remercier. Si je n'avais pas été un personnage, vos lettres m'auraient aidé. Pour Francesca, je voulais aussi vous dire…

(reprise de la lettre en français)

Tais-toi, petit Giovanni, tu es une pure fiction, et tu n'as rien à raconter sur Francesca.

C'est réellement très amusant, ce petit jeu d'aller-retour entre moi et mon invention.

Honnête Iago, comme disait Othello (Francesca a étudié Shakespeare, ou plutôt tu l'imaginais dans ta lettre). Avoue que tu n'as pas été très fair-play avec ce pauvre prisonnier. T'approprier ses souvenirs… Tss, tss… Je dois te concéder que tu les a enrichis. Le poème de Yeats était un très bon choix, je n'aurais pas fait mieux. Mais en fait de prédateur, le *Tyrannosaurus rex* de ta dernière recette a trouvé son maître…

Mais quoi, tu aurais pu te douter de la supercherie. Car, *amico mio*, que d'indices, que d'indices…

Tiens, dans une lettre, je te dis que « indigo ressemble à dingo », tu t'en souviens ? Plus tard, le petit Giovanni t'écrit « couvre-feu, c'est comme pot-au-feu ». Tu ne t'es douté de rien ?

Cette jupe rouge à pois noirs de Francesca, que j'évoque dans cette tendre histoire inventée pour les jeunes filles de l'institut, n'est-ce pas la même qu'elle porte lors de votre rencontre ? Et elle lui va si bien, tu ne trouves pas ?

Enfin, Francesca te montre son journal, où elle mentionne un certain collectionneur, le Pr. Serge C. Ogee. L'anagramme de Georges Perec, et une description de tableau pillée dans son *Cabinet d'amateur*. Dans la lettre qui suit, je parle des « je me souviens » du même Perec. Certes, celle-là était compliquée. Elle pouvait t'échapper.

Malgré tout, je ne te félicite pas. Il t'aurait suffi de vérifier dans les journaux, comme il te le proposait d'ailleurs. Ou même de téléphoner au pénitencier. Tu es bien un journaliste, une seule source te suffit…

Tout de même, cela doit te sembler très étrange de voir s'évaporer en quelques lignes ce pauvre prisonnier, qui était devenu (c'est toi qui l'affirme) un frère pour toi. J'en suis désolé, crois-le bien, d'autant que le personnage était loin d'être arrivé en bout de course.

J'y songe, comment imaginais-tu le prisonnier ? Pour moi, il a longtemps été une figure imprécise, sans véritable contour, mais peu à peu, il s'est construit, avec de longs cheveux bouclés, une moustache légère comme une ombre, un regard d'adolescent qui a encore la vie devant lui. J'ai voulu t'envoyer la photographie d'un modèle masculin, mais j'ai préféré te laisser l'imaginer.

J'avais encore une multitude d'idées cocasses.

Je voulais te demander un peu d'argent pour le pauvre Giovanni, qui doit payer son avocat, afin de voir à quel prix tu estimais le rachat de ta trahison.

Ensuite, dès sa « libération », je voulais t'entraîner dans un hold-up chez un bijoutier à Paris. J'attendais avec impatience les lettres où tu tenterais de le (me) dissuader.

Et puis, surtout, je voulais lui inventer une liaison amoureuse avec Francesca, t'en narrer avec une naïveté perverse les détails les plus intimes, te mortifier. Je voulais que tu souffres le martyre, enchaîné à jamais par ton ignominie dans ton rôle de confident.

Tu vois ici à quoi tu échappes. Je ne suis pas si cruel, après tout.

Au fait, j'ai vraiment beaucoup ri lorsque j'ai reçu cette lettre où tu me pries de retrouver Francesca Piana. La tâche fut aisée, puisque c'est ma compagne. Elle est actrice. Mais tu t'en doutes.

Nous t'embrassons tous deux.

Giovanni (et Francesca) d'Arezzo

P.-S. : Désormais, écris directement à Florence. Mon ami ne travaille plus au pénitencier et ne collecte plus les lettres.

P.-P.-S. : Enfin, permets-nous de te faire parvenir une dernière recette, où il est question d'insectes, de crime, et de châtiment.

*

Les fourmis et le bon Dieu

C'était une minuscule procession noire et affairée. Elle s'insinuait sur la jointure crayeuse entre les carreaux bleus. Les fourmis couraient de l'une à l'autre, traînant dans leurs mandibules l'une un cristal de sucre, l'autre une miette de pain. Elles se frôlaient, se bousculaient parfois, se touchaient par l'extrémité de leurs antennes.

J'étais absorbé par ce va-et-vient incessant des insectes quand le bruit du mixer m'a fait sursauter. « Alors, mon Giovanni, tu rêves ? » Suzanna avait jeté dans l'appareil deux tomates pelées, trois gousses d'ail et quelques branches de persil, et elle ajoutait en chantonnant quelques anchois, deux cuillerées de câpres, trois cornichons et cinq cuillerées d'huile d'olive. Derrière le verre du mixer, une boue verte aux reflets rouges et gris tournoyait et j'ai détourné les yeux, un peu écœuré, quand Suzanna a arrêté la machine et versé la *salsa verde* dans un saladier.

Les fourmis continuaient leur course, emmenant leur larcin par un trou dans la fenêtre, jusque sur le mur de la cour, et elles se perdaient dans une fissure, en dessous de la vigne vierge. Du doigt, j'ai barré la route d'une des ouvrières, qui l'a contourné et poursuivi son chemin. De l'index, je l'ai écrasée, sans réfléchir vraiment à la méchanceté de mon geste. Une autre fourmi s'est approchée de l'insecte blessé, qui agitait encore ses pattes, et a commencé à la traîner vers la fourmilière. Celle-là aussi, je l'ai écrasée. Puis une autre, et encore une autre. Je pensais qu'elles allaient se rebeller, me piquer, s'unir contre moi. Mais non, rien. Les fourmis agonisaient par dizaines, et j'ai attendu, peut-être même souhaité, une intervention divine, qui viendrait punir ma cruauté.

Ce châtiment ne tombait pas. Alors, soudain, j'ai frissonné, à cette découverte d'un monde injuste où les puissants imposaient leur loi aux plus faibles, où rien, jamais, ne viendrait du ciel pour s'y opposer. Alors, une rage immense m'a envahi, et j'ai écrasé une dernière fourmi.

Giovanni d'Arezzo

*

Paris, le…

Giovanni,

T'es-tu bien amusé, au moins ? J'ai dans la bouche un goût acre et amer de sel et de poussière. Je n'ai pas eu envie de me lever ce matin, seulement envie de rester dans la chaleur des draps, de fermer les yeux.

J'ai sorti tes lettres du secrétaire, les tiennes et celle de ton Giovanni. Peu à peu, à leur relecture, l'imaginaire s'évanouit, la magie et la tendresse des mots s'évaporent. Il ne reste plus qu'un jeu ignoble et vain, sur les décombres de souvenirs truqués.

Quel était mon crime ? De trop aimer la vie pour tuer une passion que je ne maîtrisais pas ?

Qui parle de cruauté, de pillage ? J'étais sincère, malgré mes mensonges, et devoir tricher me faisait souffrir.

Francesca, ta compagne, a-t-elle trouvé plaisant que tu réduises mes rêves en cendres, et ma vie aussi ?

Tu la féliciteras pour ses dons de comédienne, pour le talent avec lequel elle a joué cette courte pièce, place de la Seigneurie. Mais j'y songe, tu devais, toi aussi, être assis à cette terrasse, à épier chaque mouvement de mes yeux, le tremblement de mes mains. Le choix de ce lieu où l'on brûla naguère un moine hérétique n'a pas été anodin.

Tu es sans nul doute pire que moi.

Je ne me résigne pas à la mort de ce prisonnier de Pise. À choisir, je le préférais à toi. Sa langue avait sa propre musique, et même si son style n'avait pas la légèreté du tien, il tenait plus à la vie que toi. C'est toi qui aurais dû t'évanouir pour te fondre en lui. L'humanité y aurait gagné.

Cette lettre clôt pour toi le dossier d'Arezzo. Bien entendu, je ne serai pas à ton rendez-vous.

Giovanni d'Arezzo

(Je mérite plus ce nom que toi.)

*

Le…, Bologne.

Cher monsieur d'Arezzo, caro Giovanni,

Je vous écris juste avant votre départ pour l'Italie, vous devez être dans les valises. Anna et moi sommes aujourd'hui trop âgés pour nous déplacer loin, mais autrefois, un simple voyage dans le Sud, à Potenza, dans la maison de ses parents, était toujours une expédition. Il y avait la cérémonie du coffre et des valises, parce qu'Anna aurait voulu emmener même les meubles, la vérification ultime (les volets, les portes, le gaz, etc.), le petit Cosme qui voulait faire pipi quand tout était bien fermé, et parfois alors, quand tout semblait prêt, voilà que la voiture refusait de démarrer.

J'aurais voulu avancer quelque peu l'heure de notre rendez-vous. Vous atterrirez sûrement à Milan, et Casalmaggiore est juste sur le chemin de Bologne et de Florence. Luca et moi seront justement là-bas ce jour-là. Si vous pouviez nous rendre visite, cela nous permettrait de soulever quelques dalles assez lourdes, parce que ni lui ni moi n'avons les muscles pour ce genre d'exercice. Un homme jeune et en bonne santé ne serait pas de trop.

Nous devrions ainsi mettre un terme au mystère Scrochetti. Luca en a trouvé la solution, j'en suis persuadé. Écoutez bien : en 1944, le petit vitrail en arche romane de l'église Santa Teresa a explosé sous les balles, quand un détachement de la IIe armée américaine et les restes d'une division blindée allemande se sont battus dans les rues à Casalmaggiore. Le curé a recueilli précieusement les morceaux du vitrail, y compris le plomb de scellement.

Depuis trois ans, le vitrail est en restauration. À l'atelier, Luca s'est fait montrer le crayonné. On y voit, sur un triptyque, Jésus tendant sa coupe à Matthieu, saint Georges décochant une flèche au dragon (original, n'est-ce pas ?), un religieux peignant une icône. Vous vous souvenez de ces deux petites phrases : « Observe la coupe, l'arc et le pinceau. Pierre, Paul et Judas, où est la raison ? » Les trois objets sont clairement visibles, tous trois d'un jaune cru et violent.

Lorsque le soleil donne sur l'église, ces trois verres lumineux, placés comme ils le sont au milieu de vitraux plus opaques, forment les pointes d'un triangle. Il sera sans doute difficile de restituer l'effet originel. Le maître-verrier a expliqué à Luca que dans les vitraux du XIIIe siècle, les verres de couleur bleue ont été fondus à partir de lapis-lazuli, qu'on trouve difficilement depuis.

Ce triangle ne possède aucune propriété mathématique précise. Mais il existe un endroit à partir duquel ce triangle apparaît comme équilatéral. Il a fallu deux heures à Luca pour le calculer... À ce point précis, on trouve une pierre tombale, scellée à la chaux... en 1572.

Vous vous doutez bien de la suite, et vous comprenez sans doute pourquoi nous serions heureux de vous compter parmi nous, à trois heures de l'après-midi, dans l'église. Luca et moi serons dans l'absidiole, vous nous reconnaîtrez à nos airs de gamins conspirateurs.

Écrivez-moi vite, ou mieux, confirmez par télégramme.

Je vous embrasse avec affection.

Giovanni Darezzo

*

Télégramme :

Giovanni Darezzo

Via Gramsci, 13. 40352 Bologne

Bravissimo. Stop. Serai à Casalmaggiore le 5 dès 14 h 30. Stop. Ai hâte de vous rencontrer. Stop. Ravi de dîner avec Luca et Anna.

Giovanni

*

Paris, le…

Cher monsieur Darezzo,

Je vous ai fait parvenir un télégramme vous annonçant mon arrivée, mais j'avais envie de vous parler plus longuement dans une lettre.

Luca est décidément irremplaçable. Par une étrange concordance des temps, cette affaire des *Noces de Cana* va ainsi s'achever alors que toute passion pour toutes choses m'a abandonné. Je vous aiderai, bien sûr, mais j'ai peur d'être un bien triste compagnon. Même si nous trouvions une cassette emplie d'or et de perles, j'aurais du mal à me montrer enthousiaste.

J'ai posé la plume sur le papier, mais les phrases restent en moi, comme des feuilles mortes au fond d'un puits. J'ai besoin de me confier à un ami. Il m'arrivait de tenir un journal, mais je n'en ai plus la force.

Imaginez, monsieur Darezzo, un dîner avec des amis, les plaisanteries, les rires, le plaisir rare d'être ensemble. Vous êtes heureux, et avec les heures qui passent et la nuit qui s'avance, les voix se font plus douces, les paroles plus tendres, plus sincères. On apporte les chandelles, on passe les alcools, les cigares. Vient le moment des confidences, des amitiés, des tendresses. Fatigués par la poussière de la journée, vos yeux se ferment, un instant seulement, et lorsqu'ils se rouvrent, quelqu'un a allumé la lumière, et il ne reste que votre assiette sur la table vide. S'il ne flottait encore un peu de fumée dans l'air, vous pourriez croire que vous avez rêvé.

Vos amis ne reviendront pas. Les convives n'étaient que des figurants, invités par des morts. Il ne vous reste que la nostalgie, un rat noir qui vous mange le cœur.

Je ne saurais vous parler plus. L'histoire que, un jour, je vous conterai, ne tiendrait pas en quelques pages. J'espère vous voir bientôt. Je vous embrasse, vous et Anna.

Giovanni d'Arezzo

*

L'APPA de la Calvino Grappa

(Chronique parue le…)

D'abord, il y avait la nuit.

Durant trente-deux secondes, la lune baignait la ville d'une lueur tendre et mauve, dessinait sur les murs les ombres douces des cheminées. Une à une, les étoiles s'installaient dans le ciel, jusqu'aux plus infimes, celles dont la lumière met tant de temps à nous parvenir. Les chats se glissaient sur l'ardoise pour retrouver leurs compagnes, et leurs miaulements résonnaient dans la brise.

Puis, soudain, c'était l'APPA. On clignait des yeux sous la lumière vive qui faisait d'un coup disparaître la lune et les étoiles. Les phasmes métalliques des antennes sur les toits se coloraient d'orange, projetaient lcurs silhouettes maigres sur le crépi sale. Le bruit des télévisions montait dans la cour, et toute la ville semblait vivre au rythme frénétique des westerns américains.

L'APPA durait vingt-huit secondes exactement, et c'était les dernières lettres de l'immense publicité lumineuse Calvino Grappa qu'on apercevait de la fenêtre de Suzanna. Les deux A étaient rouges comme les feux de la via San Pietro, les deux P jaunes comme le néon au loin de la Teledison.

J'ai détourné le regard, mais c'était comme si les quatre énormes minuscules restaient imprimées partout en négatif, sur les *penne* qui bouillonnaient dans la casserole, sur les champignons découpés très fins qui avaient fini de dorer et commencé de noircir. Suzanna les a mouillés d'un petit verre de bouillon et baissé le feu. Elle a ajouté quelques feuilles de sauge, du persil, une pincée de fécule de pomme de terre. Puis, au moment où elle donnait un coup de cuiller et laissait épaissir, la nuit est revenue, et avec elle la pénombre, la lune et les étoiles.

J'ai entendu Suzanna s'approcher, s'agenouiller à côté de moi, avec tout son parfum, ses yeux se perdaient dans le bleu retrouvé du soir, et elle a murmuré de sa voix chaude : « Que regardes-tu, mon Giovanni ? »

J'allais répondre, mais les trente-deux secondes s'étaient écoulées, l'APPA a de nouveau envahi la cuisine, et la magie a volé en éclat.

Giovanni d'Arezzo

*

Le 5…, Casalmaggiore.

Caro Giovanni,

C'est une bien étrange lettre que je commence ici. La lettre d'un vieux monsieur, d'un Giovanni Darezzo marié à Anna, mais qui est mort voici quelques mois déjà. Précisément le jour même où cet hebdomadaire parisien publiait ta première recette. Ma compagne Anna elle aussi a disparu, il y a longtemps.

Si tout s'est déroulé comme prévu, tu es assis à cette seconde même devant la tombe d'un dénommé Vitaldo, assis sur un banc de bois sale dans l'église Santa Teresa. Sur le sol, il y avait cette lettre, dans une enveloppe bleue avion, une de plus. Tu l'as ouverte, trois pièces de deux cents lires ont dû en tomber, rouler bruyamment sur la pierre, et tu les as ramassées, sans comprendre. Tu as regardé autour de toi, mais il n'y avait personne, à part peut-être une de ces petites veuves noires à la foi de charbonnier qu'on trouve dans chaque église italienne.

J'ai une petite-fille, elle a vingt-cinq ans, un caractère romanesque, et tu connais son visage, je crois. C'était ma petite-fille préférée. Dans mes derniers temps, elle passait souvent à l'hôpital, même si je n'étais pas beau à voir, blanc et maigre, avec tous mes tuyaux. Je lui demandais de ne pas venir si souvent, que ce n'était pas la peine, mais toujours elle insistait, elle amenait de petits gâteaux fourrés, mais je ne pouvais pas les manger. Elle n'était pas comme les autres, pas comme son père Cosme par exemple. J'étais en train de mourir, et lui ne pouvait pas s'empêcher de penser à sa voiture, garée en contravention.

Revenons à ma petite-fille. Enfant déjà, elle écrivait des contes pour ses frères et sœurs, qui étaient pourtant ses aînés. Quand elle a vu ta nouvelle sous forme de recette, elle y a vu comme un signe, à cause de mon nom, bien sûr, et d'autres coïncidences encore. Ne sois pas impatient de savoir. Aussi, le jour de mon enterrement, elle a écrit la première lettre. Elle voulait seulement te répondre, comme je l'aurais fait moi-même, très certainement. C'était une sorte d'hommage à son vieux fou de grand-père. On ne peut pas le lui reprocher.

Un matin, toutes tes lettres sont arrivées. L'une au pavillon de Bologne, aujourd'hui inhabité, l'autre à sa chambre à Florence, qui est encore à mon nom. Elle a répondu à tes deux lettres, inventant un prisonnier au pénitencier de Pise, où je donnais des cours de français, en bénévole, et elle m'a redonné vie, à moi, le vieux retraité, en supprimant l'apostrophe de mon nom.

Quand enfin elle a voulu pénétrer dans cette curieuse toile qui se tissait, elle t'a envoyé sa photographie, empruntant Francesca au prisonnier. Ah, si tu l'avais vue choisir ce cliché, tu aurais compris combien elle était prise au jeu, quels liens subtils la liaient lentement à toi, malgré elle. Ton Dante, dans sa *Vita nuova* ne le disait-il pas déjà ? « *Amor e'i cor gentil sono una cosa* », « Amour et cœur gentil sont une seule chose… »

Alors, les mensonges se sont multipliés, enchevêtrés, les tiens, les siens aussi, puis les confidences, et les disputes. Et la tendresse, toujours, pourtant : dans ton adaptation, rappelle-toi, « *down by the salley gardens, my love and I did meet…* », quelle élégance et quelle frauduleuse émotion…

À Francesca, cet échange de lettres rappelait ce jeu français que l'on jouait sur le front durant la guerre franco-prussienne de 1870. On l'appelait le Jeu militaire. Eh oui, rappelle-toi les requêtes du premier Giovanni… Si tu avais vraiment cherché, tu aurais trouvé l'une des clés de l'énigme.

On n'y joue plus beaucoup aujourd'hui, mais il a été cité par Édouard Lucas (presque comme Luca Eduardo, qui lui non plus n'existe pas) dans le volume III de ses célèbres *Récréations mathématiques* (pages 105-116, si tu venais à chercher). Le Jeu militaire se jouait sur une planche de bois où on avait gravé onze cases. En voici le dessin, représenté sur cette grande feuille blanche que tu peux déplier maintenant.

Les règles en sont infiniment simples (n'oublie pas, c'est un jeu pour officiers). Le premier joueur dispose de trois hommes (sur mon dessin les pions blancs) que l'on place sur les cases 1, 3 et A. Ce sont tes trois pièces de deux cents lires. L'opposant ne possède qu'un seul pion, le noir, posé en 5. Arrache un bouton de ta veste, ou prends une pièce d'un franc.

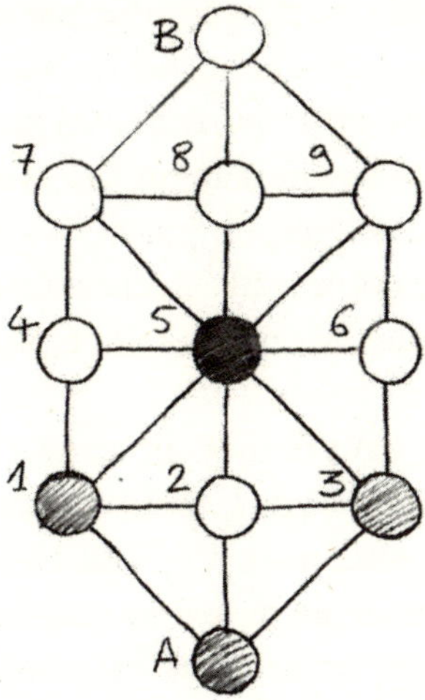

Ce sont toujours les blancs qui commencent, comme aux échecs. Blanc, c'était ma douce petite-fille, bien sûr, avec ses trois Giovanni, respectivement à Pise, Bologne et Florence. Ou comme te le suggérait ton amie Laure, le Père, le Fils et le Saint-Esprit. Toi, tu es noir, à Paris. Ne va pas superposer ce graphique à une carte de l'Europe, tu y perdrais ta géographie, Francesca n'a pas poussé le soin du détail à cette extrémité.

Dans le Jeu militaire, chaque pion, noir ou blanc, n'avance que d'une case à la fois. Le mouvement se fait pour les blancs de gauche à droite, ou en avant. Jamais en arrière. Noir, lui, peut jouer dans tous les sens. Il n'y pas de capture, et blanc gagne lorsque noir ne peut plus bouger. C'est ce qui se passe quand noir est en B, mais aussi en 4 ou en 6. Toute autre situation est gagnante pour noir, que noir passe derrière les lignes ennemies, hors de portée de blanc, ou qu'il se mette en situation où le dernier coup peut être indéfiniment répété. Si tu joues au go, cela s'appelle un kô.

En théorie des jeux, on parvient à montrer qu'à condition de ne commettre aucune erreur grossière, blanc doit gagner. Mais il n'existe pas de stratégie évidente.

Quant à toi, pauvre pion noir, à ce stade du jeu, dans cette petite église de Casalmaggiore, ta position est clairement proche de B. Mais rassure-toi, très souvent, dans ce drôle de jeu aux règles enfantines, le meilleur mouvement semble aussi être le plus mauvais.

Revenons à Francesca et toi. Je ne crois pas qu'elle t'en veuille de toutes ces tricheries. Rien vraiment n'est blanc ou noir dans son jeu sentimental, et tu n'as trahi que des personnages. Après tout, dès qu'elle a su que tu viendrais en train, n'a-t-elle pas fait l'aller-retour pour te cambrioler ? Ne lui répète pas, mais elle était si heureuse de ce qu'elle avait lu dans ton carnet... D'ailleurs, il lui a fallu près d'un après-midi pour trouver le ton juste, le jour où elle a dû feindre la colère du prisonnier, tant son cœur était joyeux.

Et chaque jour germaient ces milliers d'histoires qui n'avaient pas encore été contées, qui te le seront peut-être un jour...

Quand le prisonnier se querelle avec son père, le gardien de nuit du supermarché, qu'il lève presque le bras sur lui. Rassure-toi, ils se réconcilieront.

Une autre, très tendre, où notre inconnu, dans un bar de New York, rencontre celle qui sera sa compagne, sous les yeux attendris de Jay, un barman sentimental.

Et cette prière terrible de Lorenzo, dans la douleur de son agonie, à l'hôpital de Bologne. Comme son cousin l'en suppliait, Luca l'étouffera, une nuit, pour y mettre fin.

Si tu avais trouvé plus d'homonymes dans l'annuaire, songe à tous ces Giovanni d'Arezzo qu'elle aurait pu faire vivre : le jeune étudiant-journaliste, un peu fat, le notaire de Milan, une Giovanna peut-être. Mais elle a pensé que ce chiffre de trois était raisonnable, et pour elle et pour toi.

Une dernière chose : tu t'en doutes, il n'y a guère de secret enfoui à Santa Teresa, et ton Scrochetti de la *Vita nuova* est sans rapport (à ma connaissance en tout cas) avec le Girolamo qui a commandé le tableau à Véronèse. Tu vas devoir tout reprendre à zéro, si tu crois vraiment au trésor caché. Désolé, il fallait bien un prétexte pour t'attirer ici.

Tu vas te retourner, et ma petite-fille sera derrière toi, peut-être. Ses cheveux sont de nouveau bruns, mais ils n'ont pas beaucoup poussé.

Et son vrai prénom est Suzanna.

De tout là-haut, je vous observe et vous embrasse.

Giovanni Darezzo (ou d'Arezzo)
ou plutôt encore Suzanna d'Arezzo.

P.-S. : Tu t'es retourné, certainement.

Personne, hélas. Déçu ? Derrière les colonnes, qui sait ? Ou dehors ? Elle est sans doute sortie, pour mieux te surprendre dans la lumière du soleil. Cours, cours, mon pauvre Giovanni, tu vas sûrement la rattraper.

Mais avant que tu n'arpentes le monde entier à la recherche de Francesca (ou Suzanna ?), sache qu'il ne s'agit, nécessairement, que d'une nouvelle machination.

Je t'embrasse avec affection.

Ton Giovanni

*

TOUTE LA « GALAXIE »

Fromage, Willem ELSSCHOT
La France contre les robots, Georges BERNANOS
Histoires sardes d'assassinats, d'espérance et d'animaux particuliers, Serge PEY
Hipsters, Norman MAILER
Les amnésiques n'ont rien vécu d'inoubliable, Hervé LE TELLIER
La Dernière Nuit, Emmanuel BOVE
À la source, la nuit, Seyhmus DAGTEKIN
Narcisse et moi, Nicolas D'ESTIENNE D'ORVES
Le Jour où Pelé, Abdelkader DJEMAÏ
Quand le dormeur s'éveillera, H. G. WELLS
Le Libraire et son pygmée, Cyrille CAHEN
La Mémoire du lac, Gérard PUSSEY
Trois soldats, John DOS PASSOS
À part moi, personne n'est mort, Thomas GUNZIG
Encyclopædia Inutilis, Hervé LE TELLIER
Mémoires d'un homme singulier, Emmanuel BOVE
Superstitions en Transylvanie, Emily GERARD
Les Désemparés, Patrice DELBOURG
Entre villes, Stefan HERTMANS
Le Feu follet, Willem ELSSCHOT
Journal d'un curé de campagne, Georges BERNANOS
John Fante, la détresse et la lumière, Silvain REINER
Les Rues de la nuit, John DOS PASSOS
Comment naît l'amour, Raija SIEKKINEN
La Maison d'été, René Guy CADOU
Ma mère à boire, Régine VANDAMME

Boulevard de l'Océan, François DE CORNIÈRE
La Route des coquelicots, BIEFNOT-DANNEMARK
Le Voleur de nostalgie, Hervé LE TELLIER

Cet ouvrage
a été mis en page et achevé d'imprimer
en mai 2021
par les Ateliers Graphiques de l'Ardoisière
à Bègles.

Dépôt légal : juin 2021
Imprimé en Europe